似缘鸿
吹又散

艾姬

艾姬 主编

CNS PUBLISHING & MEDIA

湖南文艺出版社
HUNAN LITERATURE AND ART PUBLISHING HOUSE

图书在版编目（CIP）数据

惊鸿 / 艾姬主编. -- 长沙 : 湖南文艺出版社,
2024.6（2025.3重印）
ISBN 978-7-5726-1857-4

Ⅰ. ①惊… Ⅱ. ①艾… Ⅲ. ①短篇小说 – 小说集 – 中
国 – 当代 Ⅳ. ①I247.7

中国国家版本馆CIP数据核字(2024)第106732号



**惊鸿**
JINGHONG

主　　编：艾　姬
出 版 人：陈新文
责任编辑：李　阔
出版统筹：邓　理
选题策划：谌　俊
装帧设计：罗静颖
封面绘制：晓　歌
插图绘制：晓　歌　和合上
出版发行：湖南文艺出版社
（长沙市雨花区东二环一段508号　邮编：410014）
网　　址：www.hnwy.net
印　　刷：湖南天闻新华印务有限公司
经　　销：新华书店
开　　本：880mm × 1230mm　1/32
字　　数：152千字
印　　张：8.5
版　　次：2024年6月第1版
印　　次：2025年3月第5次印刷
书　　号：ISBN 978-7-5726-1857-4
定　　价：42.00元

# 目录

文／倪光

普天之下，
纵使有再多的人、
匍匐于慕容韫足边，
也唯独沈喑能做她的恶犬，
亦做她的不二之臣。

护国长公主

&

乞儿贵妃

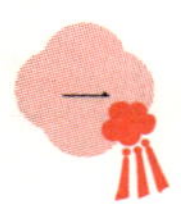

沈喑被捡回去的时候才九岁。

九岁的小乞丐，扑在泥里同一群比她不知大了多少的老乞丐抢吃食。那吃食也不过是一块发了霉的烧饼，被泥水浸湿了，又被无数肮脏的手抢来夺去。

侍卫将沈喑提起来的时候，她正将那块饼塞到嘴里。饼太硬，她就梗着脖子往下咽，一张脸被泥糊得不辨五官，唯有一双眼睛，亮得似燃着一把火。

她很轻，比一只猫重不了多少，乖乖地蜷缩在那里，一副人畜无害的样子。侍卫放松了警惕，不料在下一刻被她狠狠一口咬在了手腕上。

侍卫吃痛松了手，沈喑落地后想跑，却又撞入了一个怀抱中。

那时节刚刚入春，春寒料峭，肃杀的风自漠北一路吹到了江南。

墙角几枝桃花开得伶仃单薄，零落的影子横斜在青色的衣摆上，衬出那人一双闲散美丽的凤眸。

她挺直的鼻梁上有一颗淡淡的朱砂红的小痣，端的是一副薄情寡义的美人相。

这样的美人儿，沈喑过去从没见过，似是将自己衬成了脚边的泥，离得近了，都觉得玷污了她。

美人儿的脾气很好，被沈喑撞了也不生气，反倒问她："你跑什么？"

沈喑警觉道："那块饼没人要，我才吃的。"

美人儿耐心道："我不是要抢你的饼——你愿不愿意跟着我？往后，便再也不会挨饿了。"

沈喑出生时便遇到了干旱，往后的九年人生多在颠沛流离中。她是女子，又无父兄庇护，若不是天生凶悍，早就死在了逃荒的路上。往日也不是没有人说过这样的话，信了的人，如今尸骨已经腐朽。

所以她只道："那你现在先给我两个馒头。"

就算是骗她，她也要做个"饱死鬼"。

那人便笑了，望着沈暗的眼神中带着点极淡的怜惜与遗憾。

后来沈暗才知道，原来自己真是走了大运。

那桃花下的美人儿便是大靖长公主慕容韫，亦是她未来要效忠一生的主子。

她被带了回去，一日三顿，顿顿有肉。她初时还觉得是在做梦，狼吞虎咽吃了，当晚就闹起了肚子。

太医诊断：她是猛地饕足不好克化，需要再好好饿两顿。她原本恹恹的，闻言差点跳起来："你这老匹夫，胡说八道什么！"

太医不和她计较，她却凶得要命，要拿枕头砸太医。第二日，她就被送到了慕容韫面前。

那时正是早膳时间，她乖乖站在那里等着。

慕容韫不过片刻便走了出来，因在自己宫中，只穿着件家常的衣裳，流水似的长发沿着肩头蜿蜒落下，赤裸的足踩在细密的地毯上，竟比白玉还要耀眼。

她看得有些呆，只觉得这位公主从头至尾，无一处不美。在对方面前，自己就像是一只蝼蚁，又怎敢亵渎？

慕容韫坐下之后，问她："太医让你饿两顿是为你好，你做什么打他？"

她更呆了："您……您怎么知道？"

慕容韫没有回答，只看了她一眼，旁边的大宫女提醒她："公主让你坐下。"

她连忙坐下，却又不敢动，慕容韫便道："喝粥。"

她连忙捧着碗往嘴里倒，慕容韫又说："慢点，一口一口喝。"

慕容韫那双美丽的凤眸，望人时总有一种睥睨之意。她明明应当睥睨天下，却只是认认真真地看着她喝粥。

她无措到了极点，喝得拘束。等她喝完，慕容韫这才收回了视线："往后每日，都来我这儿用膳。"

这是天大的荣耀，一个小乞儿竟能与公主同席。

两人一张圆桌，她总觉得自惭形秽，连筷子都不敢动，慕容韫便亲自替她夹菜。她吃饭免不了犯狼吞虎咽的毛病，可只要慕容韫看她一眼，不必开口，她就知道自己该慢一点。

日后回忆，那竟是人生中难得的温情时刻。日光从雕花的窗户投进屋内，映得桌上一盆折枝的梨花落下斑驳的光影。

慕容韫的背脊永远挺得笔直，雪白秀丽的面庞上神色沉静，似一枝牡丹。慕容韫偶尔抬眸，闲闲扫过她时，她心中总有一点无措，但更多的是快乐。

普天之下，纵使有再多的人匍匐于慕容韫足边，也唯独沈喑能做她的恶犬，亦做她的不二之臣。

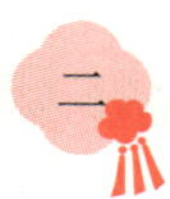


慕容韫一直陪着沈喑吃饭，硬是帮她改掉了吃饭狼吞虎咽的坏毛病。

作为大靖的长公主，慕容韫原本是被当作皇太女看待的。十年前，太子降生，原本被委以重任的慕容韫一下子处境尴尬起来，还好皇帝疼她，特意将兵权给了她，又赐了她“护国长公主”的头衔。

如今天下并不太平，连年水旱蝗灾，整个大靖哀鸿遍野，往年的盛世光景不再，竟显出了岌岌可危的征兆。

皇帝年迈，身子骨弱，治国的重担便落到了慕容韫身上。多少次吃饭时，急奏传来，慕容韫便要匆匆上朝。

沈喑年纪小，却也知道利害。慕容韫走了，她便跟着侍卫一道练武。侍卫都是精心挑选的好手，见她用心，忍不住笑了：“你一个小姑娘，练这个做什么？公主宠你，等你大了，替你许个好人家。”

沈暗却说：“我不嫁人。”

“你不嫁人要做什么？”

“我要跟着公主。”

侍卫们笑了，都说她有志气。可只有她自己知道，她不是有志气，她只是要跟着慕容韫。

慕容韫是这天下间最了不起的人，她不能只做个闲人，否则哪里配在她身旁有一席之地？

她没有天分，便要下苦功，旁人练一个时辰，她便练两个时辰。到了夜里，下人房中禁燃烛火，她便借着月色、雪光，艰难地将书上的字记到心里。

连慕容韫都劝她：“过刚易折。你年纪小，何必这样苛责自己？”

可她知道，自己不像慕容韫天生聪颖，若不笨鸟先飞，哪里能够得偿所愿？

这样的勤奋，终于让她成了慕容韫身边的一把好手。那些教授她武功的侍卫早已不是她的对手，纵使是饱读诗书的学士，也对她啧啧称奇：“你若非女子，当在朝堂上有一番作为！”

她哪里需要什么作为？她的一切，都是慕容韫赐予的，她所图所求，也不过慕容韫的回眸一顾罢了。

沈喑十五岁时猛地开始抽条，她长高了，往日的衣衫都短了不少，借着铜镜自照，能望见一张秀丽的面孔，眉眼都是浓的，只唇色是淡的，眼角尖尖，像狐狸。

那一日慕容韫正在批阅奏折，她站在旁边磨墨。窗外大雪纷纷，雪落了满地，冷白的反光映照着大殿。慕容韫漫不经心地扫了她一眼，手中的笔忽然停在那里。

一颗很大的墨汁滴落在奏折上洇开了，慕容韫眼底藏着喜怒不辨的光，望着她，似是要透过她看向一段求而不得的过往。

她听得慕容韫喟叹似的呢喃："阿寿。"

声音清冷，却又缱绻。

她大着胆子抬起眼睛："公主，您在喊谁？"

听到她声音的一瞬，慕容韫眼底的光熄灭了："一个故人罢了。"

她又问："我很像您那位故人吗？"

慕容韫似是没有预料到她会问这个，嘴角翘起，叹息道："你同她……没有半点相似之处。"

若无半点相似，她又怎会看自己看得出了神？

只是沈喑没有再问，她知道自己能待在慕容韫身旁已是叨天之幸，又怎敢奢望更多?

那夜之后，慕容韫便离了宫，却没有将她带上。别的侍卫都说是公主疼她，出这一趟差辛苦，特意让她留在宫里休息。可她知晓，一定是慕容韫不想看到她。

伤心是有的，更多的却是好奇。那个叫“阿寿”的人。究竟是什么模样，才会让慕容韫在某个发现她与那人相似的瞬间，这样失神。

那年春天是个难得的好天候，慕容韫回来时，沈喑特意守在门口等着。枝头的梨花簌簌而落，盈满了衣襟，她远远看到慕容韫的凤辇落下去。从里面出来的，除了慕容韫，还有一个人。

那是个极为小巧纤细的少女，穿着一袭梨花白的裙子，裙角用银线绣了花纹，走动时如水光潋滟，越发衬得一张面容如雪般晶莹清丽。

少女俏生生立在那里，沈喑竟一时不敢上前。还是慕容韫看到了她，唤她说：“躲在那里做什么？”

沈喑这才慢慢地走了出来，她听到少女问慕容韫：“阿韫，这人是谁啊？”

慕容韫回答说：“这是我同你提过的沈喑。”

“原来是她。”少女含笑望向沈喑，声音天真娇嫩，“我叫阿授，九文山山主的女儿，沈喑姐姐，往后请多多指教。”

她竟然叫阿授！

公主口中念叨的人，竟是这样一个少女。

沈喑僵在原地，慕容韫已经被少女叫走了，甚至连一句多余的话都没顾得上同她说。

远方的夕阳即将落下，仿佛一捧很小的、即将熄灭的灰烬。树梢的梨花落尽了，满地都是狼藉的白。皇城内渐次亮起了灯火，最高处慕容韫的宫室内，流水一样送入各色珍馐——

那都是为了宴请阿授。

阿授手松，一掷千金，人人都得了赏赐，大家都为贵客的到来而欢呼雀跃。夜里，下人房中，侍女们争相炫耀着阿授赏给她们的首饰，有人问沈喑："公主那样宠你，阿授小姐也一定送了你大礼吧？"

见沈喑不语，有人小声说："可我听说，阿授小姐不喜沈喑，还和公主吵了一架。公主为了哄她，答应明日带她去玉清池赏琼花呢。"

"啪"的一声，沈喑不小心握碎了一支白玉的发簪。血从掌心滴落下去，可沈喑不觉得痛，只是惊讶，看起来温润无害的玉石，原来也能伤人。

宫中唯有一处有琼花，相传三百年前，有仙人乘风而来，助大靖定鼎于此。后仙人溘然长逝，化作琼花，三百年未曾凋谢。

沈喑以前也曾好奇过这样的传闻，同慕容韫提过一次，想要去看看那琼花。那一次，慕容韫却大发雷霆，沈喑这才知道，这片琼花竟是慕容韫的禁忌。

禁忌在有些人面前，也并不算什么。

只是她沈喑，并非能让慕容韫破例的那个人罢了。

九文山作为国教所在，一向地位崇高，在历任山主面前，甚至连皇帝都要垂首行礼。

作为山主之女，阿授说是公主也不为过。

她一来到宫中，便住进了慕容韫的寝宫。沈喑按照往昔的时间点来找慕容韫用膳，看到阿授正坐在她原本的位子上，言笑晏晏地缠着慕容韫说着什么。

见到沈喑，阿授脸上的笑容立刻淡了下去，问慕容韫：“她来做什么？”

慕容韫说："她一向是同我一道用膳的。"

阿授桃花似的眸子弯了弯，撒娇说："可我在家中，爹爹一向只许我同他一道用膳。阿韫，你是公主，可以陪我，可是沈喑姐姐……"

这话说得隐晦，却不外乎是说沈喑身份太低。

沈喑不语，只是垂下头。殿内安静了许久，她终于听到慕容韫说："你先下去，若有什么喜欢的菜，要小厨房做来给你。"

沈喑的心往下沉，一直沉到了看不见的地方。那些曾给她的优待，在旁人轻描淡写的几句话语间便被收了回去。

幼时的三餐不继，让她留了一身的病，全靠慕容韫帮她细心调养，如今不按时吃饭，胃便又隐隐作痛。

身后忽然响起脚步声，沈喑转头，看见一张娇嫩的面容。阿授站在她身后，怀里抱着一捧花。那花格外皎洁，花瓣如透明的一般，唯独在花心处，泛起一点潋滟的红。

阿授笑着问她："认得这是什么花吗？"

沈喑不语，阿授便继续道："这便是琼花了。阿韫带我去看，见我喜欢，便替我摘了，让我插在瓶中。沈喑，听说你之前也曾想去看琼花，你知道阿韫为何不肯带你去吗？"

"我不想知道。"

见她开口，阿授脸上的笑意更浓：“其实你在意得很吧？沈暗，你不过是一介乞儿，能在阿韫身边待这么久，已是上辈子修来的福气。琼花是仙人之躯所化，哪里是你这样下贱的人能够碰触的。就像阿韫，看起来离你很近，可她是天边的云，你却不过是她足下的泥。”

阿授的声音娇甜，带一点南音，格外动人，哪怕说着这样的话，眉眼间仍是含笑。

一等一的天真烂漫，也是一等一的残忍。

胃疼得更加厉害，却又似乎不只有胃，更像是什么牵扯得五脏六腑都在隐隐作痛。沈暗额上疼出冷汗，背脊却仍挺得笔直。

“那又如何？”

阿授一愣：“什么？”

“我出身是不如你高贵，可过去数年，都是我陪在她的身边。你知道她每日用膳后喜欢小憩一炷香的时间吗？你知道她批阅奏折的时候只喝雀舌茶吗？你知道她从不用龙涎香，只用梅香吗？”

阿授气道：“你知道这些又有什么用？只要我想，我能将九文山的一切都给她！”

“她是护国长公主，生来便要守卫大靖。她真的会喜欢一个将皇权踩在脚下的人吗？”眼前一阵阵发黑，沈暗用指甲掐入掌心，苍白着脸微微一笑，“况且，阿授小姐，你有朝一日注定要嫁人的，可我却能一直陪在公主身旁，死生不离。”

阿授终于忍不住，自袖中拿出一柄长剑，直直地指向沈喑：“你这贱仆怎配?!”

沈喑眼角的余光看见了远处的影子，她明明能躲，却没有这样做，任由那锋利的长剑刺向自己。

剑入胸膛，再往前半寸便是她的心脏。

在漫天飞舞的琼花花瓣间，慕容韫神色冷厉肃杀，单手将沈喑抱在怀中。沈喑吐出一口血，望着慕容韫，忽然无声地笑了。

这一次，是她赌赢了。

睁开眼时，沈喑望见床头的花瓶里插着几株木兰花，慕容韫正坐在一旁，垂眸批阅奏折。

外面的天色已经暗了下去，慕容韫怕她睡不安稳，没在屋内点灯。窗外的月色透了进来，冷冷地落了满地。

她觉得口渴，沙哑着声音问：“公主，您怎么在这儿？”

慕容韫闻言抬起眼皮，自一旁倒了一杯温热的水递到她嘴边，等她喝完才淡淡道：“怕我一眼没看到，你就死了。”

她被呛了一下，听到慕容韫叹了口气：“阿授的武功不过平平，那长剑却是九文山的神器，你如今寒气入体，不知要调养多久才能痊愈。沈喑，为了赌气，值得吗？”

慕容韫难得这样对她说话，语气中竟有了明显的怒意。她忍不住想笑，一双眼睛亮得像星星：“公主，您生气了吗？”

慕容韫被她问得一愣：“我是气你不知道珍惜自己！”

她笑得越发开心，将脸贴在慕容韫的掌心，梦呓似的说：“能被您护着，我便是死了也觉得开心。”

她看不清慕容韫的神情，也不敢去看，生怕慕容韫会抽出抱着她的手，弃她于不顾。

还好慕容韫没有。

“我不会让你死的。”慕容韫的声音似是泠泠的泉，一滴一滴落入她的心底，“沈喑，你信我。”

屋内安静至极，听得到花开的声音。木兰花在夜色里，乍然望去，也似琼花。慕容韫的掌心冰凉，被她的泪淌过时，却带着一点脉脉温情。

她这条命，本就是慕容韫捡回来的。慕容韫掌着她的生杀大权，既可要她生死，也可要她枯荣。

心口的伤隐隐作痛，痛中也生出快意，这一生她注定为慕容韫而生，为慕容韫而死，哪怕伤痕累累，也不觉有悔。

# 四

因为受伤，沈暗在慕容韫宫中住下了。

听说阿授发了极大的脾气，将整个屋内的东西砸了个粉碎，却没有闹到她的面前来。新来的小婢女悄悄和她说："是公主吩咐的，不许阿授小姐来打扰您。"

这一局，是她胜了，哪怕胜得惨痛。

九文山上积雪皑皑，山主赠予阿授的那柄长剑由千年寒玉所造。太医诊断，往后余生，她体内的寒毒都无法排除干净，每到天冷，骨缝都会透出阴冷的寒气，折磨她，不死不休。

因为她怕冷，慕容韫特意赐了她一件狐裘。雪白的毛皮，三寸的出锋，轻轻一吹，便盈盈地颤了起来。

小婢女来通风报信："这是九文山特意将豢养的三尾狐剥了皮送给公主，没想到公主转手就给了您。阿授小姐气得要命，和公主大吵一架，哭着跑了出去。"

这样的盛宠，她听了却也没有多少得色。九文山一脉向来桀骜，对待朝廷从不肯俯首，如今为了阿授，刻意讨好慕容韫，慕容韫却这样不留情面……

窗外忽然响起连绵的钟声，自皇城最深处的銮殿内，一路蔓延至方圆百里的京师。无论殿内殿外，所有人都惊在原地。不知是谁，忽然发出了一声悲鸣：

“陛下——”

那是丧钟，只为当朝天子而鸣。

皇帝驾崩，幼帝登基，慕容韫作为长公主，风雨兼程赶回京中。

她回来已经是三日后，那日下了大雨，浇湿了窗外满枝早开的杜鹃。慕容韫进屋时，身上还带着沉沉的水汽。

雨将天地都淹没，她的长发湿漉漉地贴在脸上，整个人如同艳鬼，锋利而凄艳。

沈暗连忙起身要她坐下，又拿被子将她裹了起来。她没动，只是那样静静地垂着眼睛，忽然喊沈暗：“沈暗。”

沈暗连忙道：“我在。”

“沈暗……”慕容韫问，“你还记得你爹娘吗？”

沈暗出生时，母亲因为难产去世，父亲含辛茹苦地养育她，却死在了逃荒的路上。她沉默了一会儿，以为自己已经不记得了，可原来那些情景还都历历在目。

“记得。”

“我离京之前，父皇将我喊到御书房，他赐了我一幅字，上面写着‘审慎’二字。我知道，这是他在暗示我。我在朝中势力过大，对太子影响不好。我要跪地谢恩时，他却拦住了我。父皇要用我，却又要防备我，他是帝王，亦是父亲，这些我都明白。可是沈暗……”

慕容韫一遍又一遍地喊沈暗的名字，似乎要借着这两个字来汲取一点力气。

“我忽然想不起来，父皇究竟长什么模样了。”

天家无父子，可曾几何时，她也是被抱在怀中娇宠的公主。只是时移世易，天子有了更为怜爱的幼子，难免要为幼子筹谋。曾经放在心尖上的女儿，如今却成了皇权的阻碍。

所以提防，所以拉拢。

她已经许久未曾抬眸去看，自己的父亲究竟是何等模样。

窗外雷声滚滚，春日惊雷处，旧日光阴也短。慕容韫的指尖冰冷，将头靠在沈暗的肩上，沈暗能感觉到有滚烫炽热的水珠滚落。那是不能被任何人看到的，独属于天之骄女的尊严。

沈暗紧紧地抱住她，似是抱住她无人可诉的痛楚。

在最难过的时刻，慕容韫想起的终究是她沈暗，而不是高高在上的阿授。

“公主。”心被慕容韫的一颗泪灼烧，沈暗轻而坚定地说，“我会一直陪着您的。”

那是十六岁的沈暗所能许下的最庄重的承诺。日后年年岁岁，回忆起那一刻，她都会想起那一颗泪，想起窗外滚滚的雷声和被打落满地的杜鹃花。

可无论如何她都无法想象，许久之后，光阴翻涌，烟尘滚滚，她于史书上留下的一笔，却同慕容韫没有分毫干系。

## 五

沈暗于史书上留下的第一笔，是她十七岁时，被新登基的天子下了圣旨迎娶入宫。

她以乞儿之身，先侍奉长公主，入宫不过半载，便一路扶摇直上，成了仅次于皇后的贵妃。

皇帝对她恩宠不绝，十数载间，她独宠于后宫。

不知多少文人墨客曾作猜想，她定是国色天香的艳姝，抑或是倾国倾城的狐媚。

却无人知，沈暗初入后宫时，不过是一名小小的答应。

皇帝不喜她，看到她便皱眉："这就是所谓的国色天香？倒也不过如此嘛。"

"陛下坐拥天下，富极四海，自是瞧不上奴婢的粗俗样貌。只是奴婢侍奉长公主数载，常听公主感叹，陛下之聪颖勤勉，远非常人所能及。奴婢愚钝，或许在陛下身侧，也能身受感染。"

她身上只着了素白纱衣，肌肤在烛火下如同莹莹的雪。她微微抬起眼皮，尖尖的下颌抵在胸前，似是一只狐狸。

皇帝的视线落在她身上，顿时有些失了神。他顿了片刻，冷笑一声："巧言令色。"

那夜红烛垂泪，天还未亮时，她便被送回了自己的住处。小婢偷懒，并未替她准备热水，她便就着冷水将自己收拾妥帖。窗外的月是半弯的，落下清冽的光，留下满地清霜。她看着镜中自己身上狼藉的样子，忽然无声地笑了一下。

身体骗不了人，哪怕对她再鄙薄，皇帝到底是为她着迷的。

她感激自己有这样一张面孔，男女之间的情爱，多因色而起，皇帝后宫空虚，她足以艳冠后宫。皇帝常召幸她，但从不许她留下过夜，未到天明就差人送她回去。再到后来，皇帝亲自替她选了离自己最近的宫室，只为想见她时便能见到她。

日子如流水一样过去，十七岁的末尾，她已升为贵妃。皇帝怕委屈了她："皇后乃是先皇所赐，无过不可废。可是暗暗，你要知道，在朕心里，唯有你一人。"

若是旁人，早已感激涕零，她心中却无悲无喜，只是柔声道："只要陛下心在臣妾这里，是贵妃还是皇后，又有什么要紧？"

皇帝爱极了她的谨慎温柔，待到天明，方才离去。她抽出珠钗拨弄炉中的残香，寻了一抹香灰丢到冷酒里仰头喝下。

旁边忽然有人问她："这是令人体寒的方子，女子饮了不易受孕。贵妃娘娘难道不想诞下龙子，然后母凭子贵？"

这声音明媚，带着南音，正是阿授。

她的神色淡了下去："与你无关。"

"怎会与我无关？阿韫正在边关，朝堂之上再无一人敢为她言。如今你正得圣宠，若是诞下龙子，皇帝必龙心大悦，到时你便可以趁机求皇帝将阿韫放回来！"阿授冷冷道，"难道是你心中并不愿见到阿韫？"

一年前，先皇驾崩，恰逢边关大乱，皇帝初登大宝，便连发十二道诏令，责慕容韫亲往抵御外敌，却又生怕慕容韫拥兵自重，不但不给粮草军需，甚至连甲胄战马都苛刻至极。

朝中有人为慕容韫说话，却被皇帝一个个呵斥贬谪。待到如今，朝中早已无人敢为她仗义执言。

杯中残酒被泼在地上，徒留一点香气，沈喑轻笑一声，抬眸看向阿授："怎么，我入了宫还不够，一定要我怀了孩子才行？"

阿授脸色一变，可沈喑早已不是当初的那个乞儿，并不畏惧她。

"我自有主意，还容不得旁人指点。阿授小姐在九文山待久了，难道不知道，当朝天子对你们也并无什么好感？"

阿授猛地睁大眼睛，不可思议地看着她。她却合上眼睛，说："本宫倦了，退下吧。"

"沈喑，你真是变了。"阿授难掩面上的复杂神色，"我当初还以为你入宫是真的一心为了阿韫，可如今看来，你分明乐在其中。"

沈喑眼睫轻轻一颤，心里却并未起分毫涟漪。是做慕容韫身边一个小小的婢女，时刻忧心被人替代快乐，还是在后宫中做万人之上的贵妃来得更逍遥自在？或许，连她自己都分不清了。

那年她生辰时传出喜讯，已怀有三月身孕。皇帝特意下旨为她举办盛大的生辰宴，自她得宠后便称病不出的皇后也难得地出席了，并送了她一幅《百子千孙图》作为寿礼。半月后，她小产血崩，抢救了三日方才活了下来。

皇帝震怒，严令彻查，发现原来是那幅《百子千孙图》上涂满了致人小产的药材。皇后被废，一家人被贬谪流放。后宫之中人心惶惶，而她在生死关头挣扎许久，终于缓缓睁开了眼睛。

屋内烛火通明，却唯有伶仃的光落入眼中，仔细分辨了才知道，竟是有人将手悬在她的眼上，免得她被火光灼痛了双眸。

她怔怔地看着那只手，望见手上狰狞的伤痕，眼泪忽然就滚落了下来。

两人都变了，不过两年未见，回首时，都不似前尘。慕容韫瘦了许多，唯有一双眼睛仍旧亮若寒星，却在望着她时，盈着难以言说的温情。

“疼吗？”

这次小产，她血崩不止，身下的毯子濡湿了一条又一条。血从身体里流走，她的感觉是那样麻木而平静。她躺在那里，能听得到身旁御医们惶恐的声音。明明知道自己就要死了，她却一点也不害怕，只是遗憾，可能连慕容韫最后一面都见不到了。

还好，她挺过来了。

她原本是不疼的，可被问了，似是整个人都娇气起来。眼尾滚下眼泪，她哽咽着说："疼，我一想到再也见不到你，就疼得厉害。"

慕容韫手指的皮肤变得粗糙，伸手替沈暗将眼角的泪拭了，哄她说："你现在身子不好，哭多了伤眼睛。"

她颤抖着手按住慕容韫的指尖："这两年你过得好不好？"

"边关风大，能望得见极好的月亮。一到天晴，夜里天幕上的星星看得一清二楚。若你见了，也定会喜欢。"

那些苦楚到了慕容韫的口中，不过是这样风花雪月的事。她被逗笑了，眼泪却大颗大颗滚下来，将慕容韫的手指都沾湿了。

"回来了，就不要走了好不好？"

慕容韫手指微微一颤："边关事紧，离不开我。"

"就当是为了我。"

"沈暗……"慕容韫说，"我是为了你回来的。"

这是多么大的殊荣。

这些年她守在边关，寸步未离，如今却因她小产，一路跑死数匹骏马，三日之内便赶了回来。

这样的风雨兼程，不过为了见她一面。枕边摆着的花已经微微枯萎，但能够嗅得到淡淡的香气，花瓣上还沾着一点黄沙。那花是慕容韫从边关带回来给她的。

她的眼泪淌得更急，死死抓着慕容韫的手，哀哀祈求：“公主……”

慕容韫眸底现出几分恍然：“是他要你做的？”

沈喑哭得说不出话来，慕容韫又要替她擦泪，手刚刚抬起，就无力地垂下。炉中燃着的本是千金难买的安神香，却不知何时被替换成了软骨散。慕容韫是如凤凰一般桀骜的女子，哪怕孤身抵京，皇帝仍对她心存芥蒂，所以设下这样的计谋，只为将她彻底困囿于宫闱之中。

而沈喑只是一枚棋子，有孕、小产，不过是掌权人惺惺作态。

“别哭，我不怪你。”慕容韫倒下时，还怕会压到她，只虚虚地倚在床边，离得太近，倒似温情脉脉，“沈喑……”

慕容韫叹了一口气：“下次，再不要用自己的身子谋算什么了。”

那只莲花茎子似的手缓缓滑落下去，沈喑一时恍惚，凝视着慕容韫的面容，忽然想起了很久之前的某个午后。

正是盛夏，院中梧桐枝繁叶茂，慕容韫沐浴出来，长长的发散在沈喑的膝上。沈喑拿着玉梳，耳中听着蝉鸣，望见慕容韫低垂的眉眼，忽然觉得，那一刻，已是一生。

杂乱的脚步声响起，来人要将慕容韫自沈喑的身旁带走，沈喑的指尖钩着慕容韫衣襟上的一根缎带，却到底被抽离出去。

皇帝将沈暗拥在怀中，柔声道：“暗暗，你实在立了大功。皇姐也只有在你这里，才肯放下防备。”

心似落入一片坚冰，沉没着，向着无边的黑暗坠去。

沈暗瑟瑟发抖，将头埋在皇帝怀中：“陛下，我背叛了公主，往后只有陛下您了。”

皇帝龙颜大悦，为终于战胜了一次自己的姐姐，却不知怀中的人儿一双眼冰冷至极。

慕容韫被留在宫中，皇帝对外宣称她多年劳苦功高，留她在宫中休养，私下却迫不及待地安插人手接管她的军务。

重重深宫锁美人，慕容韫仍住在旧日的公主宫邸，只是如今这里再无曾经的清雅素丽，只余萧瑟。

因着沈暗小产，皇帝竟然又要将她加封为皇贵妃，朝堂上下一力反对，皇帝方才罢休，但她也因此被冠上了“妖妃”的称号。

她成了整个后宫最高贵的女人，无数人蜂拥而至，讨好她、谄媚她，她却从不动容。宫中人人都说，贵妃难取悦，长了一张玉面，偏有冰雪心肠。

偏偏这样的她，也会在大雪的夜，站在公主的宫殿门外，驻足良久。

不过一门之隔，却是两片天地。她身后跟着无数宫人，替她撑伞掌灯。人影幢幢，鸦雀无声，唯有大雪簌簌而落。

身后忽然有人道：“你怎么在这儿？”

她回眸，看见阿授提着食盒望着她，似是望着什么仇人。如今的九文山，在皇帝的铁腕之下，早已不复当初的不驯。连阿授脸上也没了当初的骄纵。

世事恍如一梦，沈喑问：“这是替公主拿的？”

闻言，阿授怒道：“阿韫被你们欺负成这样，你居然还有脸来！”

沈喑却只问：“公主怎么了？”

阿授看着沈喑的神情，忽然笑了起来：“你竟然不知道。沈喑，你把阿韫害得这样苦，我当初真是看错了你！”

厚重的宫门缓缓开启，满地的雪落得厚密，唯有墙角一枝老梅绽开了几朵花。

宫内寂然，唯有一点亮光。沈暗不带侍从，只提着一盏灯笼进去。屋内传来一两声咳嗽，还能嗅到佛前燃着的香火味道，她轻轻推门，看到慕容韫正站在佛龛前望着里面挂着的一幅画像。

灯火暗淡，被风吹得摇摆不定，慕容韫一身素服，粉黛不施，长长的发似幽深河水淌过背脊。

多少次不敢看，不敢言，只能站在宫门外。

似此星辰非昨夜，为谁风宿立中宵。

幼时念过的诗，待得如今，沈暗忽然品出滋味来。

她许久才轻声道："公主。"

慕容韫的语气仍如往昔一般温和："今日怎么忽然来了？"

沈暗却像个做了错事的孩子般说道："阿授说你生病了。"

阿授说的不止这个。她在宫中过得不好，宫人扒高踩低，肆意克扣她的用度，如今已是深冬，竟连炭火都不曾为她备下。沈暗协理后宫，却一无所知，不必问也知，定是皇帝所为。

慕容韫道："只是偶感风寒。"

沈暗忽然察觉，似乎无论什么样的事，都已无法令现在的慕容韫动容。

烛火映在佛龛前挂着的画上，映出一张熟悉的面孔。沈暗心中忽然生出极大的冲动，问慕容韫："你拜的是谁？"

慕容韫不语。

沈暗又道："公主，你知晓我为何帮着陛下将你骗回来？"

慕容韫终于开口说道："你已经长大了，自然有自己的主意。"

"我自己的主意？"她冷笑一声，"你倒不如问问阿授，我究竟为何入宫。"

沈暗永远记得她十七岁生辰时，阿授拿了两只匣子来。

一只是阿授自己送的，另一只却是慕容韫千里迢迢从边关一路捎回来的。

那时慕容韫的处境十分不好，皇帝忌惮她，不但不许朝中支援，更是严防慕容韫同朝中大臣传递消息。

这样一只匣子，不知费了多少工夫才能到她手中。她刚要打开，阿授却将另一只匣子递了过来。

"先看看我送你的东西。"

匣中是一支由黄金雕琢而成的凤钗，凤尾还缀着长长的红宝石流苏，光照下流光溢彩。

这样的东西，非宫中不可得。

她愣了一下："你这是何意？"

“你那样聪明，怎会不知？”阿授似笑非笑，“沈喑，你仗着自己可怜，要阿韫护着你，如今到了你报答她的时候，你愿不愿意？”

凤钗沉甸甸地放在那里，象征着无上的荣光。沈喑轻轻打开慕容韫送来的匣子，看到里面放了一对瓷人。

瓷人做得不算精巧，看得出来，并非名家所制，可她知道这两个小瓷人象征着什么。

一个是慕容韫，一个是她。

这是慕容韫百忙之中亲手捏的两个小瓷人，辗转千里后终于来到了她的身边。

阿授还在说着：“如今朝中人心惶惶，唯有你去到天子身边，方能为阿韫挣得一线生机。她为了你，连九文山都不肯屈就。沈喑，你若有良心，就不要辜负她。”

沈喑怎么舍得辜负慕容韫？

两个瓷人相互依偎，在匣中生死不离。而沈喑曾经许诺，要伴慕容韫一生。

沈喑的眼眸垂下，眼中的最后一丝光亮也熄灭，再抬起时，眼底只剩下冷而淡的寒芒：“若我进宫，你愿以九文山之力助她否？”

阿授愣了一下：“我……我当然愿意助她。”

“好。”沈喑打断阿授，淡淡道，“我愿意入宫。”

沈喑对于人生的预想曾那样多，却没有一种是这般模样。可她知道，若她不入宫中，不称了阿授的心意，那慕容韫便会彻底陷入孤立无援之境。她入宫能不能得到盛宠并不重要，要紧的是阿授记恨她当年的那句话。

沈喑说阿授注定要嫁人，那阿授就让沈喑连嫁给谁都无法选择。

可到底，这一切不是徒劳无功。

如今沈喑站在这里，站在慕容韫面前，终于可以同慕容韫平起平坐。

“我那时只一心想要助你，陛下不宠爱我，我便用尽浑身解数。有时我会觉得自己如同娼妓，可我心底却是快意的，因为可以帮到你，便是死，我也不会后悔。”沈喑讲述时，看到慕容韫的眼中又出现了那样难以捉摸的情绪，似惋惜，又似心疼。可她已经不想再看了，她只是说，“可我后悔了。公主，在见到你日夜叩拜的画像时，我便后悔了。”

那时她已经得了盛宠，想念慕容韫想念得厉害，便回了慕容韫的宫中。

慕容韫住的地方她来了无数次，那次却偏偏嗅到了一股香火味。鬼使神差地，她推开了佛堂的门，便在那昏暗的房间中望见了无数悬挂着的画像。

每一幅上，精心描绘的，皆是阿授的面容。

心如死灰也不过如此，她像是整个人被投入了阿鼻地狱，受尽了三十三重酷刑。

原来她的一切，皆是他人的影子。

“你曾说我和你想念的人半分不像，我原本不信，可现在终于信了。”她轻轻地笑了一下，“我和阿授，本就一点都不像。”

灯火中，慕容韫的眉目好看得令人心碎。

沈喑在心中告诉自己，哪怕慕容韫惦念的人永远不是她，也没关系，至少慕容韫仍在她身边，那样便足够了。

可慕容韫忽然说：“沈喑，你别哭。”

沈喑这才发现，自己竟然哭了。

无数夜不能寐的绝望痛楚，都抵不过这一刻的温柔。可这温柔也是冷的，是刻骨的刀，一下一下刺入她心中，留下透骨的寒凉。

沈喑终究是逃了，跌跌撞撞地出门时，差点摔倒。身后的慕容韫扶住她，瘦得分明的指骨似是烙在她的腕上。

“如果我知道你会为了我入宫，那时，我一定带你走。”

沈喑的手颤抖了一下，却没有回头，只是慢慢地、坚决地，将慕容韫的手指掰开了。

风吹得更大，像是谁在号啕哭喊。沈暗吸了一口气，觉得自己该说什么，可到底没有说出口。

她们之间，隔着皇权，隔着旁人。纵使没有这些，还有命运翻云覆雨的手，拨弄凡人的一生。

真冷啊，她挣开了慕容韫，在心底默默地想，或许往后都会这样冷下去吧。

## 七

那是她们往后余生中，为数不多的相逢。

最后一次，又要在数年之后。

那时的沈暗，名声已经烂透了。皇帝为了她不理朝政，为了她炼丹药，夜夜笙歌。她圣宠不衰，被人怀疑是狐妖转世，大臣们要杀她以正朝纲。

皇帝大怒，当场便要将上谏的人拖下去斩了，却忽然晕厥。太医抢治数日，也无力回天。

恰逢此时，胡人犯边，狼烟四起，朝中大臣齐齐叩拜，求慕容韫带兵出征。

消息传入宫后，人人都以为沈喑会在此刻讨好慕容韫以求自保，可沈喑做的事却出乎所有人意料——

她竟一把大火烧了慕容韫宫中的佛堂。

无数飞灰，如同蝴蝶起舞。

她盛装而来，眼尾一抹胭脂，红得似鲜艳的曼珠沙华。“蝴蝶”落在她的鬓边，她恍若未觉，只是望着慕容韫。

事发突然，连慕容韫也没来得及阻拦她，那无数的画像，都在这场火中灰飞烟灭。

最后一幅，也被她握在手中，亲手撕成了碎片。

“公主，”她笑得肆意，似是将这许多年的痛楚都宣泄了出来，“我帮陛下囚禁你许多年，可这都是你欠我的。”

无数人见证了这一幕，这也成了两人关系势同水火的铁证。隔着宫婢、侍从，她们正无声对视时，慕容韫忽然皱起了眉，大步向着她走来，握住了她的手。

站在满地的灰烬中，慕容韫握在她腕上的手力大得让她有些发疼：“沈喑，你知道自己在做什么吗？”

她当然知道。可她的心里竟是快乐的，她轻声喊慕容韫："公主，百姓需要你，天下需要你。你该走了。"

慕容韫的眉头皱得更紧，沈喑却再一次掰开了她的手。

慕容韫终于说："等我回来。"

沈喑没有回答，也没有点头，只是含笑看着慕容韫，看着慕容韫走出了那片困囿她的四方天地，走入了她注定盛大的一生。

她微笑着收拢手指，在御榻前问御医："陛下还有多久时间？"

御医不敢抬头："最多不过半年。"

谁不知道贵妃娘娘最大的靠山便是皇帝，若是皇帝死了，别说荣华富贵，便是连命也未必保得住。

"太久了。"可太医却听到这雍容绝色的女子轻描淡写地说，"她收复乱局顶多三个月。就用陛下的性命，为她庆祝一二吧。"

三个月后，慕容韫收复失地，将胡人一举击溃。消息传入京中，次日，皇帝驾崩。

因皇帝无子，朝中大臣集体上书，由慕容韫继承大统。

又一日，贵妃自刎于宫中，追随皇帝而去。

沈喑死前，曾想给慕容韫留一封信。信上她想写，自己从来没有后悔过。她不后悔为了慕容韫入宫，不后悔勾引皇帝，更加不后悔为了慕容韫献出自己的一生。

帮着皇帝设局骗回慕容韫，是因为皇帝在慕容韫身边安插了人手，偷偷给慕容韫下毒。

她将慕容韫引回来，费了许多心力，方才配出了解毒的药物，放在了慕容韫的饮食之中。皇帝后来的昏庸作为、早逝，自然也是她捣的鬼。

敢对她的公主下毒，自然也要尝尝同样的滋味。

至于最后的决裂，不过是做戏给天下人看罢了。慕容韫注定要登顶九重，不能被满身骂名的她拖累。她的公主，在史书上，一定要清白无瑕、完美无缺。

所有的罪过，落于她身。所有的荣耀，尽归她珍而重之却无法宣之于口的人。

含笑饮下鸩酒，她终究一字未落。

就让她的公主以为她恨着、怨着，以这样丑陋的面目而去，或许知道她的死讯的时候，公主便不会为她伤心了。

耳畔响起踏过青石长阶的马蹄声，她缓缓合目时，恍惚望见慕容韫穿着一身天青色的长衫，长发如墨，眉目如画，美得似是幻觉。

那便是她求了一生的，神佛之上的唯一信仰。

可她不知道，她死时，宫中琼花落了满地，琼树枯萎，再不曾开花。慕容韫自边关飞驰千里，赶回宫中时，却只来得及看到她尚且温热的尸体。

阿授被人请来时，看到慕容韫正抱着沈暗的尸体，浑身落满雪白的琼花，像是一夜白头。

阿授踟蹰着不敢上前，忽然听得慕容韫说：“她过去总想来看琼花，我却不肯带她来看。是因为曾有高僧算了一卦，说她‘得见琼花，必情深不寿’。我只想她长命百岁，可到底没有留得住她。”

慕容韫的语调平静，却听得人猛地心一酸。阿授眼眶红了，轻声喊慕容韫：“阿韫，她已经走了，你放开她吧。”

可慕容韫像是没有听到：“你们九文山总说人有前世今生，我那时不信，你父亲便让我入了梦。梦里，我三百年前是仙人身旁的一株琼花，仙人怜爱，助我成人。后来仙人溘然长逝，转生而来。梦醒后我寻了许久，终于寻到了她，可她长得同梦里的仙人半点不像，反倒是你……和阿寿一模一样。”

她喊的从不是“阿授”，而是在梦中陪伴了她百年的仙人阿寿。

寻到沈喑时，她心中复杂，又觉欣喜，又觉失望。沈喑和阿寿，实在没有半点相似，所以她才接回了阿授，只为在那一样的面孔上寻到阿寿的影子。

可后来时日久了，她方才察觉，沈喑就是沈喑，从不是阿寿的影子。

只是她明白得太迟，迟得伤了一个人的心。

可那人，却还是为她奉出了一生。

那画像虽是阿寿，可她叩拜时，心中所思所想，都是愿沈喑这一生顺遂。

“是我回来得迟了。”她很轻很轻地说，“沈喑，我来带你走。”

琼花落尽，似是谁心字成灰。

她低下头，隔着琼花，隔着生死，将额头轻轻地抵在沈喑的额上。

那马蹄声并非幻觉，这一生沈喑也从不是一厢情愿。

只是爱恨光阴皆短，她们两人，到底总是错过。

# 祝余

文／李明尔

一千年很漫长，
但如果有你陪着的话，
就也还好。

隐居山林的大魔头

&

涉世未深的小仙草

夜黑风高，阴云密布，祝余被人一路追杀，跌跌撞撞地跑进了迷雾重重的山林。

山林里不知什么野兽在低吼，可祝余顾不得这么多了。待看不到身后追杀她的人时，她终于松了一口气，支撑不住，晕倒在林子里。

祝余醒来的时候，已是晨光熹微，山林里的露水带着湿润的凉气，让她整个人一阵哆嗦。身上的伤口痛得要命，她用尽全力睁开眼，看到一个身影从山上走下来。那人一袭青衣，背着一个小小的箩筐，脚步轻快。她也许是在山上采药的医师。

太好了，祝余想，她终于要得救了。

可是那个人一路走过来，直到经过了她的身边，都没有侧过头看她一眼。那人走得很认真，认真到足以数清楚每一级台阶和台阶上的每一处青苔，以至于没有闲心去看四周的景象。

那人走了。

祝余心如死灰。这荒无人烟的密林深处，还会有人来救她吗？

不知过了多久，因为流了太多血，祝余的脑袋昏昏沉沉的。她用尽全身的力气，往山路中间的石阶爬了过去，希望能有个好心人救救她。

等了许久，山下终于走上来一个人。一袭青衣，背着一个小小的箩筐，脚步轻快，低着头认认真真地走路。瞧那衣服，怎么有点眼熟？

嘉月也觉得很奇怪，怎么又有一个人躺在石阶边上？平时荒无人烟的山上，怎么这两天这么热闹？不过昨天那个小丫头穿着白色的衣裙，今天这个是红色的，嘉月路过的时候看了看，啧，原来她裙子上都是血。

嘉月想不明白，怎么又有人被追杀跑进山里来。这山里人烟稀少，哪有人去救他们，跑进来不是被野兽吃了就是失血而亡。

她想着，径直走了过去。

地上这人傻乎乎的，没必要管。

祝余绝望地闭上了眼。

她还以为遇到了什么隐居山林的医师，原来是个无情无义的冷血大魔头。她这么美丽柔弱的小可爱倒在路边，这人怎么一点怜悯心都没有。

“哦，还没死透。”她突然听到了说话的声音。

祝余睁开眼，看到嘉月正打量着她。

嘉月不知怎么想的，又折返了回来。

她把祝余拖回了家。

祝余用沙哑的声音说：“谢谢你。”

嘉月说：“哦，不客气。我只是想研究一下一个人流了一天一夜的血还没死掉是什么原因。”

祝余欲哭无泪。

真是魔头啊魔头。

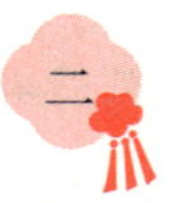


好不容易把祝余拖回家里丢到了床上，嘉月把贴着金创药字条的药瓶子找出来，拔出盖子就往祝余身上倒，把祝余疼得龇牙咧嘴的。

“你不会治病吗？”祝余带着哭腔问。

“不会。”嘉月冷漠地说。

祝余疼得不停地流眼泪。

不是说被追杀晕倒在树林里就会被漂亮的小姐姐背回来吗？不是说小姐姐会温柔地给她治病给她做饭吃，教她读书写字吟词作曲，和她相依相伴吗？啊呸，想多了。

嘉月看着她从一脸憧憬变成生无可恋，说了一句：“谁告诉你躺在山林里就会有医师救你？”

祝余不死心，继续问：“那你背的箩筐里是什么？不是草药吗？”

嘉月走过去，拿出一个苹果。

祝余的失望又加了一分，看来指望她救人是不可能了。祝余伸出手，她想吃东西，她已经饿了两天了。就算要痛死她，能不能让她做个饱死鬼？

结果嘉月咬了一口苹果，走了。她摘苹果的时候也没想到回去的路上还会多一个人，她一共就摘了一个。

可是祝余不知道这事，她在心里默默地想，魔头啊魔头，真是铁石心肠。

过了一会儿，祝余闻到屋子外有一种奇妙的味道。可能是她太饿出现了幻觉，她好像闻到了大米的香味，但其中又夹杂着一种难以言说的味道。

嘉月端着碗，一边咳嗽一边走了进来。祝余看到她端了一碗白粥，上面漂浮着一些黑色的颗粒。

“别看了，没毒。”嘉月道，“就是烧煳了。”

“你不会做饭吗？”祝余很震惊。

“不会。”嘉月面无表情地说，她有些生气，她还是第一次给别人煮粥，结果这傻孩子还嫌弃她，真是太过分了。

“谁告诉你躺在山林里就会有医师来救你，还会给你做饭吃？”嘉月不满地问道，“按照话本子的剧情发展，后面你个没良心的是不是要谋杀我了？”

祝余端着碗的手抖了抖，不敢接话，赶紧低头把粥喝了。祝余心想，我有这个心也没这个胆，就是有这个胆，我也没这个本事呀。

祝余很快喝完了这味道怪怪的白粥，忍不住问：“那你一个人住在山里吃什么？”

嘉月指了指屋子里的箩筐。

“你不吃肉吗？”

嘉月看了看她，像看戏似的说道：“吃啊，就是那种傻乎乎撞在树上晕过去的兔子，我就拎着它的耳朵拖回家来煮。”

听到她说这话，祝余突然觉得心口一凉——这描述怎么就这么熟悉？

嘉月继续道：“先拿茴香、桂皮、姜、葱腌一腌，那兔子肉啊就特别入味，到时候把锅烧热，先下红油，再下兔肉……”

“嘶……”祝余倒吸了一口凉气，她感觉身上痛了一下，好像油星子溅到皮肤上的那种感觉。

嘉月瞧她瑟瑟发抖的样子，觉得很是有趣。嘉月其实无所谓吃喝，她不吃饭也不会饿，因为她本就不是人。她是……

“呜呜呜大魔头。”她又听到祝余在那里小声地哭，“小兔子那么可爱都吃，小祝余那么可爱肯定也在劫难逃了，呜呜呜……”

唉，人类真的很麻烦，又要吃饭又要哭。

经过嘉月的“精心调理”，祝余在喝了一周的煳锅白粥后，她的伤终于好一点了。她也终于忍无可忍，提出跟嘉月出去采点野菜，她要下厨。

嘉月反正闲着无聊，就带着祝余一起去山上溜达。嘉月瞧着那一片绿色的竹林就是一片普普通通的竹林，祝余却指着一处说：“你往这里挖，这下面是最嫩的笋。”

嘉月原本不信，结果一锄子下去真的挖到了笋。

正值岁末，竹林里的笋刚刚冒头，嘉月说道：“这里满地都是笋，干吗要那么费劲从地底下挖？”

“这你就不懂了吧！”祝余得意地说，“冒出土的笋已经老了，就得这地底下的才好吃。唉，”她说着有些得意忘形，“我说嘉月姐姐，你平时都过的什么日子呀，那么多好吃的你都不知道，这日子有什么滋味啊。”

嘉月听说过山上的竹笋好吃，她自己以前也挖过，煮来吃不过是寻常味道。对“吃饭”这件事，嘉月真的没什么兴趣，她也懒得跟祝余争辩，按照她的指示，两人挖了一筐笋就回去了。

坐在餐桌前的时候，嘉月想的是：就陪祝余吃一点吧，省得她天天喊饿，吵死了。虽然她真的不喜欢吃饭。

然后她夹了一块笋。

然后是第二块。

等祝余炒完青菜从厨房里出来时，盘子里就没剩下几块笋了。

看到祝余站在面前，嘉月愣了一下，清了清嗓子："谁叫你让我干那么多体力活，累死我了。你吃吧，我去歇会儿。"说完便起身溜回了房间。

祝余却笑了，冲着她的背影喊："怎么样，是不是比你采的野果子好吃？"

嘉月想不明白，明明是出自同一片竹林，为什么祝余炒出来的笋就又鲜又香？

嘉月想着又推开了门，歪出一个脑袋，对祝余说："明天……再去山上啊。"

"好呀。"祝余接着问，"嘉月，你去山下的镇上吃过饭吗？"

嘉月没出声。

"外面好吃的东西可多了，去了你就会舍不得回来。"祝余说道，"哦，不对，你没有钱，买不了吃的。"

"我有。"嘉月皱起了眉头，看不起谁呢？

"你又不出门，哪来的钱？"祝余问。

"抢的。"

这下祝余闭嘴了。

她今天因为过于快乐而忘记了嘉月大魔头的身份。她现在觉得自己已经入了虎穴，嘉月把她拖回来不知道存了什么心思，她不会是什么千年大妖，打算把祝余养肥了吃掉吧？虽然按照她这种养法，应该养不肥。

第二天她们去山上挖笋的时候，居然真的见到了一只撞倒在树旁的兔子。兔子昏迷在树边的样子和祝余真是一模一样。嘉月看了一眼，走过去一把就拎起兔耳朵，熟练得让人害怕。

祝余瞧着这肥嘟嘟的小白兔，一想到不久以后它就会变成麻辣兔头、红烧兔肉，不免悲从中来。

她总觉得，这只兔子的下场就是自己的未来。

嘉月拎起兔子的时候，祝余大气都不敢出。

结果回到家里，嘉月去厨房拿了一把菜叶子，专心致志地喂起兔子来。

哦，果然要养肥了再吃。

又是夜黑风高、阴云密布的一个夜晚，见嘉月睡了，祝余蹑手蹑脚地爬下了床。她走到林子里，有两个戴着黑色兜帽的男人已经在林中等

她了。

“怎么样？”

“一切正常。她喝过加了药的茶水了，没发现什么。”祝余说。

“你再仔细盯着，成败就在此一举了。”那人说，“等她喝了七次涣神散，就不是我们的对手了。那时候我们的计划就会万无一失。”

“是。”

“那嘉月可是杀人不眨眼的魔头，若是有什么差池，你的小命也不保，到时候谁也救不了你。”

“我知道。”祝余低着头说。

“喏。”黑衣人丢给祝余一个小瓶子，里面只有一颗小小的药丸。

翌日清晨，祝余睁开眼就见嘉月坐在一边看着她，看得她心里发慌。

“怎么了？”她颤颤巍巍地问。

“不是说要去镇上吃饭吗？再不起来天就黑了。”

“哦！”祝余迅速跳下床。

祝余本来只是随口一提，没想到嘉月竟然记下了。不过她这样的大魔头去镇上，人家会不会闻风丧胆？那饭馆里的厨子要是被威胁着做饭，味道肯定不好啊。祝余想着，难怪嘉月没吃过好吃的东西，厨师要心情愉悦才能做出好菜。

山下的集镇依水而建，沿河的廊桥边商户鳞次栉比，热闹非凡。祝余跟着嘉月一路逛过去，看见捏糖人的、做香囊的、编手环的、卖胭脂水粉的，祝余瞧着新奇，什么都想买，但嘉月只一句冷冷的“没钱”就把她打发了。

祝余跟在嘉月后面，还在喋喋不休地问：“你不会真的没带钱吧？那我们吃什么呀？吃霸王餐的话我先跑你断后啊。”

说着她们走进了城里，突然有人跟嘉月打招呼。没叫她的名字，只是寒暄了一句“来了呀”。

祝余还以为嘉月一个人住在山里不问世事，结果一到镇上好多人跟她打招呼，有的请她去家里看病，有的请她去家里吃饭。

当祝余跟着嘉月走进农户家里时，她还是觉得事情有些不可思议。

这个农妇说她丈夫昨日上山不小心摔了一跤，想请嘉月帮忙看看。祝余心想嘉月连个外伤都治不好你让她看内伤。结果祝余还没来得及惊讶，就看见嘉月走过去摸了一下人家的腿，然后双手按住，随后祝余听到屋子里传出杀猪一般的叫声。

“接好了。”嘉月按着农妇丈夫的腿说，“拿两块木板来。”

嘉月利落地替农妇丈夫绑了腿，嘱咐他最近不要乱走，好好休息，然后拍拍手准备离开。

“谢谢大夫，家里也没什么值钱的东西，给您一盒土鸡蛋吧。”

“不用，给钱就行。”嘉月说着，坦然地伸出手。

农妇也没觉得尴尬，立刻从柜子里取了铜钱，又把鸡蛋塞给祝余。

祝余没好意思拿，在那推辞，并解释说：“您别介意，她这人说话就这样。”

“这有什么。”农妇了然地道，“医馆里的大夫看诊都忙不过来，我也背不动老头子去医馆，也就姑娘愿意多走那么多路来帮忙，我给诊费那是理所应当的事情。”

原来嘉月真的是一个医师。

治病救人的人怎么会是大魔头呢?

走出院子，他们去镇上的饭馆吃饭，小镇里没什么大酒楼，就是寻常的家常菜。豆腐羹的汤汁鲜美，藕片炒山药口感清爽，还有新摘的玉米，又甜又嫩。

嘉月以前也在镇上吃过饭，当时只觉得寻常普通，今天不知怎么的，听着祝余在那一边吃一边吹捧食材，竟觉得味道愈发可口了。

回去的路上，嘉月买下了那个祝余看了好多次的香囊，扔给了祝余：“送你玩儿。”

祝余受宠若惊地接过去：“怎么想着……”

“不是喜欢吗？”嘉月淡淡地说。

后来，祝余就这样跟着嘉月，给嘉月打杂。嘉月给人治病，替人接骨，赚些银子花。祝余觉得自己一点也看不懂嘉月，她长得凶凶的，成天板着个脸，做的明明是好事，却总是摊开手来要钱，也不管别人尴不尴尬，好像自己治病救人就是为了那几个铜板。

而祝余嘛，她也没什么别的本事，肩不能扛手不能提，就是会做饭。她每天换着花样给嘉月做菜，讨嘉月欢心。

那是一个清晨。

嘉月醒来想去看看她们养的兔子怎么样了，还没出门，站在窗口就瞧见了祝余。

嘉月远远地看着，祝余拿出一个小药瓶往茶壶里倒了些什么，昨儿新买的乌龙茶，她还和祝余去山里摘了桃子，祝余说把桃汁加到乌龙茶里味道更加清甜。

也不知道祝余下的这个毒会不会影响茶的口感。

这孩子看着傻乎乎的，胆子倒是不小。

嘉月看着祝余，就像是看一出戏，等了许久，终于等来了结局。

果然，这世上所有的人接近她都是有目的的。

嘉月见多了这景象。想杀她的人不计其数，有光明正大来挑衅的，也有深更半夜来刺杀的，还有这样偷偷下毒的。

只可惜，他们都没什么本事，因为神力的存在，哪怕嘉月没有动手，他们也近不了她的身。那些普通的毒药喝下去，更是没什么作用。

这一切徒劳的谋杀，都只是让嘉月更觉得世界很无趣罢了。

嘉月其实不想活。她是神女，千年万年的生命，她早就活够了。她来人间住着，每日看着人们生老病死却无能为力，救得了一个人，救不了所有人。

嘉月认识祝余下的这种毒药，它叫涣神散，连喝七天就会散去神力，到时候他们想杀她就易如反掌。这毒已经失传很久了，终于让他们找到了。

真是辛苦他们了，费那么大的劲来杀她。

嘉月突然很期待，终于能够终结这无尽的生命了。

嘉月已经活了几千年了，每一天都是同样的日升日落，村里的农夫每天上山砍柴，下山烧火做饭。农夫老了以后，他的儿子就每天上山砍柴，下山烧火做饭。他们砍柴就是为了做饭，吃饭就是为了有力气砍柴。嘉月就这样眼睁睁地看着每个人度过普通的一生，一模一样，循环往复。

她有时候都怀疑自己不是在人间，而是在一个循环的时间魔咒里。

以前在天上的时候，她觉得人类的生命很短暂，区区几十年而已。真的见到了，她才发现人类的生命真是漫长而虚无，天地那么辽阔，他们明明穷其一生也走不完，却一生都囿于眼前的茅草屋。

这一天，祝余就像什么都没发生一样，照旧在小厨房忙活。今天她去溪边抓了鱼虾，刚起了油锅，屋子里很快就飘满了鲜香的味道。

以前在九重天上日日喝什么露水，后来到了人间吃了饭也没什么滋味，现在有了祝余，日日换着花样给她做各种好吃的，让她觉得，活着似乎也是一件不错的事。

可惜，祝余也是来杀她的。

当初捡祝余回来不过是觉得日子太无趣，现在想来，她和祝余很配，祝余想杀她，她不想活，真是天造地设的缘分。

可事情偏偏出现了意外。

吃完饭，祝余把茶端过来的时候，嘉月没去注意她的表情，怕她紧张。嘉月接过茶杯准备享用，祝余却突然把杯子打翻了。

祝余低着头说："这茶凉了，我再给你重新倒一杯。"

嘉月看着她，无奈地说："那也不必把杯子摔碎，我们家就那么几个杯子，虽然不是什么名贵的瓷器，也要十个铜板呢，我赚钱多不容易。"

祝余窘迫得说不出话，跪在地上收拾碎片，一晃神就划破了手指。嘉月瞧着她那个怯生生的样子，想不明白对方怎么会派这么个又傻又天真的人来做刺客。

没想到祝余突然抬起头看着她，很坚定地说："嘉月，我们离开这里吧。"

"为什么？"

"这天下好吃的东西很多，离开这个镇子，外头有人会做饼子，把肉和菜卷在里头，再涂上酱，你不想试试吗？还有人会把生的菜放进滚烫的锅里，一边煮一边吃。嘉月，这世上那么多地方，我们换个地方生活好不好？”

嘉月拉着祝余的手把她从地上拉起来，替她包扎了手指。

“你医术那么好，我们去城里开个医馆，以你的医术一定能赚很多银子，等有了银子，我做更多好吃的菜给你吃。”祝余还在絮絮叨叨地说着，“这天下那么大，以后我陪着你，我们去看万水千山，去品尝这世间的美味，不好吗？”

祝余想的是，到了城里，人多眼杂，那些人就不好随便动手了。

可嘉月哪也不想去。当初她选中这座山，就是看中这里山好水好，未来可以做她的埋骨之地。

嘉月只是没想到祝余是那么傻的孩子。她居然不觉得自己是大魔头，她不会瞎了眼仰慕自己吧？

一个让她在路边流了一天一夜的血、给她吃烧煳了的白粥的大魔头，她居然舍不得下手杀。

真不知道她是怎么当上刺客的。

嘉月看着祝余真诚又焦急的表情，慢悠悠地问：“那你的毒怎么办？”

祝余愣住了，脱口而出：“你怎么知道？”

祝余低下头，咬着嘴唇，似乎在思考自己哪里出了错，过了一会儿，她又轻轻地道：“你早就知道了……”

嘉月在不经意间把过祝余的脉，她中了毒。祝余应该能感觉到身体不适，但她却从来没说过，那时候嘉月就发现了一些端倪。

“还想走吗？”嘉月问。

祝余想了想道：“没关系的。这个毒不致命，只是不按时吃解药的话会有些难受。”

“可是完成了任务，你就能拿到解药了，以后也不用再受这个苦了。”

“可是……我们是朋友，我不想你……”

“我没有朋友。”嘉月打断了她。

朋友——听到这个词，嘉月觉得心口又痛了一些。

“也挺有趣的，每一个自称我朋友的人，都想杀我。”嘉月说着突然站了起来，她俯身凑到祝余的面前，一把扯开了自己的衣领。

她的胸口有一道狰狞的伤疤。

“你知道吗？我活着的每一天，我的心口时不时会痛。因为我最好的朋友往这个地方用力地扎过一刀。

“她是一个多柔弱的女子啊，就像你一样，没杀过鸡，甚至没拍死过一只虫子。她杀我的时候我才知道，她的力气那么大。那刀刺进血肉里，已经扎不进去了，她还在用力。”

祝余的身体颤抖着，嘉月此时给人的压迫力，比面露凶色时更让人害怕。

“所以，我没有朋友，你也不必把我当朋友。”

“我没有……”祝余颤抖着说，“我不会的……”

“是，你不会。”嘉月冷冷地看着她，“你没有勇气也没有能力杀我，所以你只能费尽心思接近我，偷偷摸摸地在茶水里下毒。”

嘉月不想要祝余这多余的后悔，她看不惯那种犹豫不决，倒不如手起刀落让她来得痛快。

想到这里，嘉月的心口又疼了一些。

“你走吧，好不好？”祝余抬起头，眼睛里水汪汪的，近乎哀求地看着嘉月。

“你在怕什么呢？”嘉月笑着问她，“是怕你的任务失败，怕我报复你们？还是怕你的任务成功了，午夜梦回时想起你是怎么骗我的，心虚得睡不着觉？”

“他们说你是大魔头，说你杀了很多人……可我觉得你不是。”

嘉月冷笑了一声：“就因为我心情好的时候赏了你几个笑脸？”

“因为……夜里凉的时候你会给我盖被子，因为你知道我喜欢花，所以去山上的时候就会摘花回来，因为……”

“行了。”

嘉月觉得自己的心口越来越疼了。

原来，又到百虫挠心般疼的日子了。

五百年前的神魔大战中，嘉月受了重伤，元神一直没有复原。每年冬天的朔月之时，日月灵气减弱，她的身体便如百虫挠心般地疼。

嘉月不想活，很大一部分是因为不想再受这个苦。

这一天是初一，天色越来越暗，很快，一点月光都看不见了。不幸的是，今天她遇到了月食。

嘉月的脑袋像是被什么东西塞得满满当当的，似要爆炸一般。

原来人家比她聪明得多，毒药加上月食，他们今天是打定主意要取她性命了。嘉月原本以为自己可以帅气地魂归天地，没想到却是这样狼狈的结局。

恍惚间，嘉月看到几个戴着黑色兜帽的男子走进了屋子。外面已经被人团团围住。他们的剑锋上透着寒光，走起路来一点声响都没有，全都是一等一的高手。

原来临死前是这样的感觉，嘉月没有感受到恐惧和害怕，只是身上疼得厉害。本来没什么留恋的，此刻她想的却是祝余。

不知道完成了任务，她是会飞黄腾达，还是会被他们弃如敝屣。她这么傻一孩子，以后没有自己的照看别又被人骗了。

她不能就这样随随便便地走了。

想到这里，嘉月不由自主地甩了甩袖子，一伸手就扼住了一个黑衣人的脖子："把解药交出来。"

"呃……"那个人挣扎着说，"涣神散没有解药……"

"我说祝余的解药。"嘉月说着补充了一句，"永久的那种。"

后面的黑衣人立刻递上了一个药瓶，嘉月打开闻了闻味道，丢给祝余。

不知道是觉得胜券在握还是怎么，嘉月觉得他们身上没什么杀气，倒像是来她家里作客的。

嘉月瞥了他们一眼："还不动手吗？"

没想到那几个人却齐刷刷地跪了下来："属下参见魔尊。"

“开什么玩笑？”

嘉月满脑子疑惑，她期待了半天，结果他们竟然是想奉她为魔尊。

“自前任魔尊陨灭后，魔族群龙无首，以嘉月姑娘的神力和威望，继任魔尊是众望所归。”领头的黑衣人道，“我们今日就是来为魔尊送上礼物的。”

嘉月突然瞧见祝余的脑袋上晃着一棵草。草木之灵修成人形后，她们的本体会留在头顶，时而显现。

她不是一个人。

她是一棵祝余草，上古仙草。

也是，哪个正常人伤成那样躺一天还能活的？

传说中祝余草是千年难得的灵草，食之可修复元神，增进神力。

果然，黑衣人道：“魔尊已经服下涣神散，再加上这祝余草，便可重塑元神，恢复神力，率领我等一统三界。”

“我过得好好的，干什么要去做那费劲的事。”嘉月毫无兴趣。

“自神魔大战后，魔族式微，嘉月姑娘难道想看着那些满口仁义道德的神族继续居高临下地统治三界吗？”

“说这些又有什么意思，”嘉月淡淡地道，“神族执掌天下的时候，将魔族囚禁于不见天日的地下，当年魔族得势的时候，屠尽神族又可有手下留情？这世上哪有什么天道，你们……谁也别装善人。”

“既然如此，嘉月姑娘不如就毁了这世界，让一切都归于虚无！”

“你这想法倒是很新奇，”嘉月看了看他，“不过，且不说我有没有这个本事，就是毁灭这个世界又如何？万物有灵，万年之后，这世上的草木仍会生长，仍会长出精怪，有的成了妖，有的成了神，为何非要争个谁对谁错，谁高谁低？”

五百年前，嘉月原是九重天上的神女，每日抚琴作画，日子过得好不逍遥。大家都道她人美心善，得了空就去人间解救人于苦难。嘉月总是说，既然成了神女，受人间的香火供奉，总不能整日游手好闲吧，得做些实事。

她和哥哥云扶是一对双生子，她的哥哥是九重天的战神，在对抗魔族的战役中屡战屡胜。

因此，他们兄妹二人在九重天上可以说是人人敬仰。

变故就发生在五百年前那场神魔大战之中，她的哥哥云扶与众神合力设下阵法对抗魔尊，最后关头却不知何故，云扶与魔尊一同被封印在了阵法之中，再无踪迹。

大家都说，云扶已经魂飞魄散了，说他牺牲了自己，封印了魔尊，是九重天的大英雄。可是嘉月不相信，不相信哥哥会不告而别。毕竟他走之前，都没有对嘉月说过一句“此行凶险”的话。

她更不相信，战无不胜的哥哥就这样灰飞烟灭了。

嘉月四处走访探查，终于在大战的遗迹中发现了一些痕迹。神族的阵法有一个巨大的缺陷，而负责阵法这一角的，正是神族太子。他因为忌惮战神云扶的力量与声望，害怕云扶成功封印魔尊后会在九重天获得至高的地位，害怕云扶威胁到自己，因此在设阵时留下缺陷。而云扶为了封印魔尊，在最后关头，不得不以身殉阵。

嘉月想向天帝讨个公道，天帝却说嘉月是受不了哥哥离世的打击而疯了。

天帝囚禁了嘉月，在诛杀她之前，得意扬扬地告诉她，自己才是三界真正的主人，至于什么战神、神女，不过都是他维护统治的垫脚石。

他说：“如今魔尊身死，战神寂灭，天地重归于平静，九重天安宁如斯，不好吗？你若是不闹，我保你安安静静地做上千年的神女，荣华富贵享之不尽。可惜了，你偏要来寻死。”

嘉月这才知道，让战神用生命封印魔尊，本就是他们一箭双雕的阴谋。他们甚至算到了，为了天下苍生，云扶一定会牺牲自己。

那一刻，嘉月才发现自己信奉的一切都是那么好笑。所谓庇佑世间的神女，也不过是阴谋中一颗无关轻重的棋子。

那一刻，嘉月堕仙成魔，她发誓要为哥哥报仇，毁了这天道。

那一天嘉月才发现，原来自己和哥哥有着一样的力量，只是她从来没有使用过。嘉月在九重天大开杀戒，亲手斩杀了天帝。

那一战惊天动地，将三界闹得天翻地覆。

魔族甚至想让嘉月继任魔尊。可是嘉月不在乎，她既不是神女也不是魔族，不过是一个一身怨怒无处安放的女子，她不想再看到天界那一张张伪善的脸。

但是，九重天上还有她最好的朋友，神女花朝。

嘉月想带她离开九重天。嘉月去寻她，告诉她天下之大，她们可以去很多地方，不必待在这虚伪的九重天，花朝答应了。

嘉月牵着她的手准备带她离开。

就在嘉月毫无防备伸出手的那一刻，花朝把带有秘术的利刃刺进了嘉月的心口。

嘉月的元神因为秘术受了重创，最后被花朝一掌打入人间。

人海茫茫，无人知晓魔头嘉月究竟去了哪里。她花费了些时日恢复了神魔之力，从此却落下了心口痛的毛病，受损的元神也始终未能修补。

黑衣人劝说道：“可是嘉月神女，祝余她是心甘情愿的。你可知为何万年来，天下间只留下这一株祝余草？因为万年以前，神族无意间知晓了食用祝余草可以修复元神、增长修为，便开始四处采集，刚开始只是山间的草药，后来连已经修出灵识的仙草也不放过，再后来……他们开始猎杀修出了人形的祝余草，亲手将他们斩杀分食。只有这一株，因为生在地下，留在魔族而逃过一劫。”

“所以你们就告诉她，躺在我路过的山道上，被我救下，接近我，就能为全族报仇？”

“是啊。”黑衣人道，“若您屠尽了那些贪婪的神族，不就是为祝余一族报仇了吗？”

“你也是这样想的吗？”嘉月问祝余。

“以前我是这么觉得。”祝余说，“可现在我觉得，你好像很喜欢现在的生活，你若是不想理会那纷纷扰扰，就不必理睬他们。”

“吃了解药就变心，”黑衣人道，“你这小祝余可真没良心。”他继而对嘉月道，“不过没有关系，等你恢复了神力，拥有了力量，就是拥有了神族忌惮之力。就算您不出山，神族也会源源不断地派人追杀您。到时候……”

“你们这算盘珠子打得可真响！”嘉月冷冷一笑，“连魔尊都不是云扶的对手，就凭你们几个，真的以为能伤得了我吗？谁给你们的胆子在这教我做事？”

她轻轻一抬手，一阵风从她的袖中飘过，在场的几个黑衣人便被重重地推出了屋子，倒在地上大口地吐着血。

嘉月看着他们惊恐的眼神，那眼神里似乎又有一丝笑意。她突然看到祝余头上的仙草散开来，在空中泛出点点金光。

“哈哈哈！我们刚给她的，就是你们神族的仙药。”其中一个黑衣人用最后的力气说，“祝余草是天生神草，神族一开始无法采摘操控，于是他们制造出这种神药，倒在祝余草身上，他们就没了反抗之力，还会一点一点地四散精魂，供神族食用。”

他最后露出一个意味深长的笑：“你说，这法术厉不厉害？”

月食之夜和涣神散的力量，让嘉月的神力大受限制。她用尽全力想要重新凝聚祝余的魂魄，却发现那点点金光四散得越来越快。

“没有用的。”黑衣人已经气若游丝，“您服用了涣神散，神力消退之时，元神为了存活，会主动吸食祝余草的仙力以求自保。这……是你们神族的本能。就像人类溺水时会不顾一切地抓住所有可以抓住的东西，特别是来救他们的人。”

她那么讨厌神族，到头来仍不能改变她就是一个神族的事实。

嘉月从来没有那么绝望过。

在祝余灰飞烟灭之前，嘉月听到她说：“以后……你的心口就不会再痛了。”

她伸出手，什么也没有抓住。

屋子里，她们养的小兔子还安安静静地趴在角落，没有灵识的生灵不会知道刚刚发生了什么。

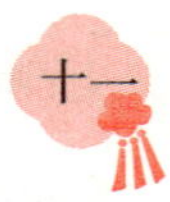

## 十一

很多年以后，在江南的小镇上，流传着一个女神医的故事。她性格古怪，用药霸道，成日里就抱着一个小土罐。她说里面养了一棵草，她在等她发芽。

她从一个镇子溜达到另一个镇子，得了银子就去当地的饭馆点菜，一边吃一边对着小土罐小声嘟囔："怎么连全城最有名的大厨都没有你做菜好吃。小祝余你到底在哪里学的本事，你再不发芽我真的要饿死了。"

"你那么笨，给你一千年，够不够你修成人形啊？"

一千年很漫长，但如果有你陪着的话，就也还好。

千年以后，典籍上只留下了寥寥几句记载。

上古灵草祝余，生于招摇山之上，色青华，味鲜美。

枯木凋零而不可复生。

文／白玉京在马上

纵归去来，
寒雨入梦年光逝。
死生地、
终意会，
白头未几。

宗门少储

&

孤岛船女

## 楔子

元康九年，三月廿一，中原的楼船漂洋过海，终于来到瀛洲关渡。

商载雪立于甲板上，遥遥望见岸边的船屋，下意识地摸了摸带茧的指腹——那是几年前在这里出海打鱼时留下的。

她年过廿岁，已是宗门少储，如今又力压同门，领帅攻伐瀛洲，这与其尽人皆知的狠绝手段不无关系。

她曾流亡瀛洲，却在回到中原后献出海图，带人攻打瀛洲，这般忘恩负义的举动，却也无人敢置喙。

毕竟，传说中孤悬海外的瀛洲，若能为中原武林所用，其价值必定不菲。

楼船在离关渡不近不远的地方停下来，随之宗门的赤旗摇动，有人递下旗语，一架架黑乎乎的大炮的炮口，朝向关渡的崖楼。

未及开火，脚下竟先出现震荡，师兄姬乘风大喊：“水雷！瀛洲布下了水雷！”

巨浪滔天，鱼雷频频炸响，商载雪急令楼船撤退，仍伤亡惨重。回程时不断有落水的剑子们被打捞上岸，大多没了气息。

商载雪攥手成拳，回眸看向关渡的崖楼，姬乘风冲过来抓住了她的衣领。

“商载雪！瀛洲为何会有埋伏?！”

商载雪冷笑一声，用剑将他挡开，说道：“这个问题，我倒要问问你！”

姬乘风还要作色，商载雪并不想再理会，视线越过他的肩膀，不由得错愕。

又捞上来一个人，却不是剑子。

是个女孩，湿透的粗布衫裹着纤细的身体，乱发里缠着海草，脸色惨白，不知还有没有呼吸。商载雪疾步过去，将女孩抢到怀中，摸到她的脉门，蓦地松了一口气。

是月薄之，她还活着。

人世或许真有轮回，商载雪几乎疑心自己是一名烂柯人，几年前流亡瀛洲是山上一梦，下了山来，如今才是她与她真正的相遇。

而商载雪宁愿此刻，也是那山上一梦。

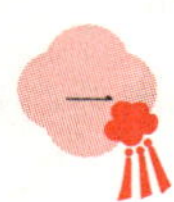

一

元康六年，冬月初四，大雪。

船女阿月是被冻醒的，她起身看了一眼窗外的天光，将带着余温的被子抱到床榻另一侧，盖在阿弟月生身上，仔细掖好被角，才趿拉着草鞋走出船屋。

海风透骨地凉，昨夜的雪覆满了船屋间连通的木筏，她拎起扫帚打扫半天，脚下才不打滑。

隔壁月叔亦习惯早起，披件大袄搓着手，然后也开始清扫木筏上的残雪。木头浸了浅域的海水，经一夜大雪，早冻得梆梆作响，月叔不留神打了个滑，险些摔进刺骨的海水里。

“哎哟！”

阿月闻声跑过去，将月叔拉上排筏。月叔裤脚湿了一半，哆哆嗦嗦地指着木筏的缝隙处。阿月愣了一下，朝他手指的地方看去，不由得一怔。

筏下竟漂着一个人，是一个女子，仰面躺在海里，长发水藻般散开来，衣衫也浮在水面，隔着木板缝隙，明丽如画的一张脸若隐若现。

阿月不顾寒冷趴在木筏上，用手将这女子一点点地拽出筏底，再伸手探了探她的鼻息与脉搏。

“还活着。”

月叔大骇：“这……这一定是仙人！凡人怎么可能没被淹死？”

两人合力将女子弄到阿月屋中，月叔抱来几块自己珍藏的炭，阿月找出干姜与黑附子，烧水熬成驱寒的汤药，一点点喂到她口中。

过了三日，人始终不醒，月叔反劝阿月将人放回海里：“若是她死在你这里，可怎么解释得清？”

阿月捡起最后一块细炭搁进火盆里，透过朦胧的烟雾，她看见榻上那“仙人”的脸颊竟似慢慢有了血色。她起身收拾出海的网子，低声说：“她不会死。”

月叔急道：“就算她不死，你带大一个阿弟原就不易，如今家里又添了张嘴，往后日子怎么过？”

瀛洲月氏自古靠捕鱼为生，阿月带着弟弟搬到船屋上时只有十几岁，连渔网都织不好，还是月叔见她姐弟二人可怜，手把手教着打鱼、做饭。眼看着阿月过了及笄之年，该找个岸上的好人家嫁了，可无论谁来提亲，都只得到她轻飘飘一句："阿弟怎么办？"

如今除了月生，又多了个半死不活的。

月叔叹道："命苦哇。"

到了蜡梅盛开的时节，"仙人"才迟迟苏醒。

那日阿月推着摊子去岸上找月生。月生刚下私塾，手执一枝素心梅，凑过来把梅花放进她手里："阿姊，你看。香不香？"

阿月执花浅嗅，抿唇点了一下头，月生接过推车，两人并肩往东市赶集。

月生擅切鱼脍，不用厨刀，一把匕首便足够，鱼脍片得又薄又透。开了摊，鱼脍被一扫而空，阿月把五铢钱穿成一贯，月生背上箱笼，她就将一贯钱丢进去。

暮色渐浓，东市静下来，弦月挂在头顶时，姐弟俩已收了摊往渡口走。

遥遥地，月生瞧见自家船屋前立着一个白衣女子，蓦地拽住阿姊。

"她醒了……"

阿月安抚地拍拍月生的手："嗯。"

月生忍了片刻，低声问："为什么救她？中原人……会带来麻烦。"

未及回答，船屋前那女子转过身，须臾，翩然落在阿月面前。那人朝阿月摊开手，掌心是一枚冰蓝的避水珠。

阿月紧绷的脊背慢慢松下来，盯着那珠子问："这是？"

"谢礼呀，小船女，你救了我。"白衣女子声音清亮，带着一丝漫不经心的笑意，"我叫商载雪，你呢？"

商载雪一双眼极美，琥珀色的瞳，剪一段秋水再添一抹月色，方能比得上其万分之一。阿月手中的梅花微微一颤，淡黄的梅瓣落在旧袄上，打了个转，又和着风跑远了。

"我没有名字。"她说，"人们都叫我阿月。"

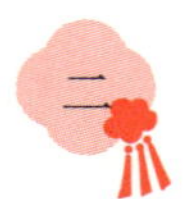


遇见商载雪之前，阿月没见过瀛洲以外的人。

阿月从前并非阿月，甚至连"月"这个姓氏，都是凭空得来的。

记事以来，她便是“归墟”中无名无姓的童子。

瀛洲五境，权集归墟。无人知晓，归墟何年何月在何处寻来根骨绝佳的孩童，令其经受极为残酷的训练，再将他们放逐市井，令他们自生自灭。唯最终活下来，并寻到归墟接引人的童子，方能回去得到重用。

被放逐那年阿月只有十岁，某日睁开眼，毫无征兆地发现自己躺在东市的巷子里，身侧搁着一只破碗，蓬头垢面的乞儿朝她咧嘴一笑，敲了敲碗沿。

“娃儿，醒啦？”

她本能地并指为剑，手腕却软绵绵的，一丝内劲也无。被恐慌淹没前，乞儿递给她半个馒头，她愣了许久，绷直的指尖慢慢缩回，接着，抓住馒头咬了一口。

自此，她便跟着乞儿在巷口讨饭，分食冷掉的馒头和炊饼，有时遇到布施的好心人，亦能吃到肉汁满溢的包子或一碗热腾腾的面条。

乞儿脸上常年污浊，乱发遮住眉眼，看不清面容。入秋后天凉了，乞儿就捡来别人不要的草席子，带阿月去关渡岸边的破船屋上过夜。船屋没门没窗，从前应是有的，如今烂在地上，长满了绿藻。

夜里，阿月蜷在草席下头，冻得骨头咯咯作响，无论如何都睡不着，翻身坐起，却见乞儿坐在门边，挡住了大半的海风。

乞儿问："冷吗？"

阿月裹着草席，问道："为什么收留我？"

乞儿与弃儿，谈何收留？乞儿静默半晌，转头看向无涯的海："你可知海那边是什么？"

阿月不知，偌大的瀛洲已是她世界的全部，也许她连瀛洲亦未全知。

相识以来，她只知乞儿姓月。这夜，乞儿破天荒地说起过往。他讲起海那边的中原，讲瀛洲自居方外，不许人离洲，也因之滥杀无辜；讲起他携妻带女出海欲逃，却遇到涡流，船毁人亡，只剩他一人苟活。

阿月没有再问下去，也不必再问。

乞儿死在一个白雪茫茫的深冬。

阿月在行乞的巷子里遇到被野狗追咬的月生，认出对方曾同是归墟的童子。为救人，她用石块砸向野狗，反被发狂的野狗扑倒在地。乞儿赶走野狗，也被咬得不轻，当夜发起热症。

医馆不收治乞儿，阿月绝望之下几乎起了杀心，昏沉中的乞儿抓住她的手腕："算啦，带我去海上。"

姐弟俩将乞儿搁在草席里，一头一尾地抬到船屋。放下草席时，乞儿已经气息奄奄，去世之前只留了两句话。

"让我去找她们。"

以及——“不要回去。”

阿月漏夜补好一只破旧的排筏，将乞儿放上去。月生笨手笨脚地给乞儿整理遗容，擦干净污浊的脸后微微一怔。

“黥面之刑……他是……”

归墟的叛逃者。

阿月不应，拂下乱发遮住乞儿颊侧的印记，将木筏自船屋前用力一推，乞儿随浪遁入落雪的大海，倏忽便消失无踪。阿月回身，摸了一下少年额头的擦伤，沉默地凝视着远处一排排的船屋，以及屋顶绑着的月氏族旗。

“还回去吗？”她问。

少年有一霎愣怔，随即用力摇了摇头：“不回去了。”

其后，船屋上多了一对姐弟，只有姓氏，没有名字。

元康六年，腊月廿三，立春。

船屋里，月生正在糊窗子，阿月在灯下缝衣服，一阵风吹熄了油灯，四下顿时暗了。商载雪凌空一指，用内劲将油灯再度点着，不料贸然运功牵动旧伤，她咳了两声，阿月便走过来递水。

商载雪没想过自己能活下来。

上个月她在金陵渡被师兄姬乘风伏杀，连受两掌后被抛入水中。谁料天不绝人，她竟在濒死之际突破修为进入至境，随后阴差阳错漂流进入海口，凭避水珠漂流十余日，正在内息即将支撑不住周身被寒意侵蚀时，恰为这船女所救。

种种巧合，但凡少一环，她已是海上的一具冰尸。

商载雪接过陶碗，咽下一口水，冰得她牙根生疼。

怎么这海岛上的人竟拮据到这种程度，连口热水也没有？若她回了中原，定要重金酬谢这小船女。她想着，又将颈上的避水珠拎出来，问阿月：“这珠子是能去当铺换钱的，你为何不要？”

阿月又坐下缝袄子，垂着眼打了个线结，用牙咬断，却不出声。

月生糊完窗纸，对商载雪冷声道：“谁稀罕你的破珠子，不过是避水的玩意儿。”

商载雪原是宗门少储，一人之下万人之上，哪想过一朝虎落平阳，竟被个毛头小子轻看，登时面色一沉。未及开口，阿月已起身将月生护住，隔断两人的视线交锋。

“看你的装束，应是锦衣玉食惯了，还不懂如何谋生。这里不比中原，这么贵重的东西，还是你自己留着以备不测为好。”

彼时商载雪还不明白，阿月为何要提及“谋生”。若回到中原，自是她的天地，如今她流落此地，窘迫不过是暂时罢了。

但没过几日，她就察觉到这岛上的吊诡之处。渡口只有渔船早出晚归，偌大海域竟无外来船只进出。整座岛自内而外划分层级，她尝试过往里走，却遇到修为极高的守境人，逼得她不得不止步。

商载雪一连三日未回船屋，阿月不去寻，亦不提起。这一走倒正中月生下怀：“希望她是真走了，省得归墟知道我们与中原人打交道，怪罪下来……”

阿月正坐在地上补渔网，拿着梭子的手微微一顿。

月生自知失言：“阿姊，我不是故意提起归墟，我没那个意思……”见阿月不说话，又蹲到她身侧，低声道，“你忘了那个乞丐的黥面吗？”

“所以……”她望进月生眼里，不出所料，在月生的眼里，她捕捉到了野心与不甘，“你也忘了他临终说的话，对吗？”

月生凝眸，说不出“我们一起”的话，亦答不出“没忘”两个字。

毕竟在更早以前，他们是归墟里你死我活的敌人，从未同路。

## 四

月生离开那日，恰逢商载雪归来。

东市的鱼摊子摆在老地方，箱笼搁在地上，里头装着一贯钱。鱼篓中的海鱼奄奄一息，早不动弹。闭市钲敲到第三百下，日头才落。应是闭市的时间，阿月已经等了很久，却没等到下私塾的月生。

商载雪就是这时候独自从落霞处走来，弯腰拾起掉落的一片鱼脍，对着夕阳，落日的余晖映在剔透的鱼脍上——薄得不似出自寻常人之手。

今日月生不在，鱼脍是阿月亲手削的。

“你阿弟呢？”

阿月朝路的尽头看了一遍，俯身收拾鱼摊：“他遇到了亲生父母，被领回家了。”

商载雪扬眉：“不回来了？”

“嗯。”她背上箱笼，摸了摸磨旧的粗布背带，语气不太确定。

商载雪帮她推着摊子回船屋，轻车熟路地走进堂屋寻找打火石，将炉子点燃好烧水。阿月卸完车走进来，被迎面而来的浓烟呛得直咳嗽，见商载雪站在炉子旁手足无措，连忙提走陶壶，熄了炉子。

商载雪赧然：“我见你之前都是这样烧水的。”

阿月指了指屋顶：“雪一化就漏得厉害，柴火隔夜便湿，要换新的才行。”

“新柴呢？”

“还没买。”阿月开门让烟气散出去，“你过不惯这样的日子的，那避水珠还能去镇上换不少钱，不如……”

商载雪恍然大悟：“你赶我走？”

阿月背对她不语，门边一道细细的影子在地上摇曳。她朝阿月走近，才惊觉对方似在颤抖。她用力将阿月的身子扳过来，却撞见阿月通红的眼睛。

“小船女，你在怕什么？”商载雪扣住她的脸颊，用拇指拭去她眼角的水痕，语气复杂，“怕我知道根本无法轻易回到中原，一怒之下杀了你？还是怕我像你阿弟一样，最终也会离开你？”

或许都怕，又或许于她而言，已没什么可在乎的。阿月抿唇不答，商载雪定定地瞧了她半晌，然后笑了。

“回不去，便不回去了。”

这话，阿月或许不信。因为出口的瞬间，连她自己也不清楚几分是真几分是假。

那日之后，商载雪再没提过中原。她换上粗布衫与阿月一道出海捕鱼，再去东市摆摊。她切鱼脍甚至不必用刀具，运气于指，风至脍落，鱼肉亦通透得可映出漫天霞光。

至秋，阿月患了风寒，一病不起，商载雪只得独自出门谋生。暮色落下时，她带着在医馆抓好的药回来，蹲在堂屋里慢慢地熬。生炉子的技法她早已驾轻就熟，再没冒过浓烟，屋顶的缝隙也在晴日里补好了，不管是雨天还是雪天，再不会有水渗下来打湿地板和柴火。

阿月病好那日，商载雪赶集归来，却见船屋排筏前，阿月一只手扶住围栏，正目不转睛看着自己。她佯作不觉，打开箱笼，兴致勃勃地炫耀赚得的一贯钱，耳畔突然响起极轻的一声“姐姐”。

商载雪将箱笼合上，与阿月四目相对，海浪漾起落霞的影，把琉璃斑斓的色彩荡到她心里。她无数次诱哄阿月唤自己“姐姐”，从未得逞，刻下听见了，颇觉几分不真切。

若是不回去又如何呢？一瞬间，念起又念落。她抬手揽住阿月，瘦削的脊背在她的掌下，有难以言说的温存。

“若能带你一起回中原就好了。”

阿月静默良久：“回去了，然后呢？”

是了，然后呢？商载雪紧扣着阿月的肩膀。一年多了，或许师兄姬乘风已经继位宗主，她又能奈他何？杀上神烈山，同归于尽吗？

她苦笑，叹息声随海风散在阿月的耳边。

“是啊，我商载雪，已再没有什么‘然后’了。”

元康七年，上元节，渔人亦难得休暇，齐齐上岸“游海神”。巨大的海神灯被高高举起，渔人们欢呼雀跃地穿过不夜的市集。家家户户在渔船上挂起鱼灯。

商载雪挤在人群中，牵住阿月的手，怕彼此会走散。“海神”游到附近，在“让一让”的呼喝声中，人潮涌来，阿月被撞到墙上，被商载雪揽着肩膀拉了回来。商载雪漆黑的发丝荡进她的衣领里，她不禁偏头避过。

“给你买只鱼灯就回……”商载雪扶着阿月站好。

“不必。”阿月并不领情，“又不是小孩子。”

“游海神”的队伍走远了，商载雪捏了捏阿月透红的脸颊：“那陪我饮酒可好？”

平日拮据，并无闲钱饮酒，但这次阿月不忍拒绝，打了酒回到船屋，陪商载雪喝了几杯。不知是何时醉的，又或许根本没有醉过——醒来时，阿月触到颈后一处穴位隐隐作痛。

屋内一切如旧，只不见了商载雪，以及……阿月疾步走出船屋，果不其然，渡口自家那艘帆船亦没了踪影。

没有惊与怒，阿月以拳抵住心口，只是空茫茫的，若有所失。片刻后，她回过神来，整个人如遭雷击一般，冲到隔壁屋喊着借船，不等月叔回答，便拔锚出海。

趁夜驶出十余海寻，阿月蓦地松了口气，借着月色与鱼灯，她看见那艘帆船正荡在不远处。海浪无声，她倚在船舷上，背对那艘船，似对天说，对海说，却唯独不是对商载雪说。

“出瀛洲百寻有两处涡流，危险重重，寻常海路不通！”

帆船上似传来呢喃：“小船女……”

阿月借海风吹干眼底的泪，继续高声道：“等我十日再走！”

两艘船一前一后驶回关渡。回了船屋，炉上的酒还温着，阿月倒满最后一碗，举杯饮尽。商载雪只来得及握住她手腕，跟着就被挣脱开来，实实挨了一耳光。

这一下猝不及防，商载雪本能地扼住阿月的脖颈，刚催动内劲，便反应过来，倏地松开手指，却仍虚扣着对方的脖颈。

“对不……”道歉未免太迟。

“滚出去！”阿月盯着她，眼底无一丝波澜，声音极冷，“十日后渡口见。”

商载雪退后，视线落在阿月留了指痕的颈侧，许是想问什么的，最终只沉默地转身。

十日后，商载雪依约来到关渡。

阿月瘦了许多，立在船头似会被海风吹走，见商载雪上船，便掌舵驶离渡口。不知行了几寻才来到一处偏僻无人的海岸，似乎从没有人踏足过。

“我试了许多次，这条海路远了些，却能避开涡流。”阿月递给她一张鱼皮拼凑的海图，没正眼看她，“海图是你的了，只是……”

什么叫试了许多次？商载雪展开海图，一时呼吸凝滞，这是一条新的海路："这十日，你……"

阿月只是沉默。正如两年前她不曾奢望对方留下，刻下也不必解释她为辟这条海路，几次险些被卷进涡流，又几次险些迷失方向，流亡海上。

她自顾自说下去："只是需你立誓，待平安返回中原，便即刻焚毁海图。若违此誓，五雷灭顶，不得好死！"

风凛月白，商载雪喉头哽咽，举起手与她掌心相对，立了毒誓。

临行前，商载雪问她："你有没有什么想要我做的？"

阿月跳下船，立在一块嶙峋的怪石上，回眸看她。商载雪以为她会说出什么狠绝的话，却没有。她轻轻地歪了一下头，愿望天真得令商载雪鼻酸。

"我想要一个中原的名字，像你一样的名字。"

"……叫月薄之如何？"

万山载雪，明月薄之。

恰好与她相衬。

确实相衬。阿月垂眼点了一下头，跳落怪石，消失在岸边，没有与她告别。

商载雪以为这已是她们的结局。谁料两年后，她毁诺归来，竟凑巧将月薄之救上了宗门的楼船。

或许是鱼雷炸响时，月薄之正在附近捕鱼，才意外落入海中，脏腑也受到了震荡。

商载雪率楼船返回金陵，又不吝用汤药照料了月薄之十余日，人还是没睁眼。

救了一名瀛洲船女的消息，自是被姬乘风大肆宣扬，没过多久，门主便亲自召见商载雪追问此事。

商载雪单膝跪在神烈殿中，毕恭毕敬：“弟子流亡瀛洲时，为此船女所救，如此大恩，不能不报。”

姬乘风嘲讽道：“哦？领帅攻打瀛洲也是报恩？”

“自是报恩，报的是门主教养之恩。”她坦荡地仰头看向门主。

姬乘风因她的厚脸皮而哑然，门主倒满意地笑了，摆摆手道：“这也无妨，只是瀛洲设伏，怕是有人暗通消息，以防万一，这船女还是——”

商载雪心一沉，俯首打断门主的话：“若是门主担忧，弟子可令船女成一废人，永生禁足府中。”

殿中寂寂，只传来姬乘风的嗤笑。半晌，门主摇摇头：“也罢，乘风，你随她一道，回来复命给我。”

回到府中，婢女迎上来喜道：“人醒了！”却见商载雪面冷如冰，婢女不由得打了个哆嗦，再一瞧，身后还跟着脸色不善的姬乘风。

商载雪径自向月薄之住处走去，推开门，屏风后的月薄之似在更衣。她的影子晃了晃，冷声问：“谁？”

月薄之探出头来，却见商载雪一袭白衣，一瞬不瞬地看着自己。

悠悠两载未见，却不觉多久，仿佛倏忽就过去了。

月薄之迟疑地朝商载雪走了两步，情怯般顿住，又似想起了什么，遂问起自己获救的来龙去脉。

商载雪站在门边，如实相告：“我带赤船攻伐瀛洲，遭埋伏回程，顺道将你捞上船。”

轻描淡写的几句话，却每句都足以将月薄之砸得透不过气来。

牙关透出血腥气，月薄之身体晃了晃，挤出一个问句：“那你又何必救我？”

“你亦救过我。”商载雪余光瞥见姬乘风靠近，却听月薄之嘶哑着声音道，“我救了你，却换来赤船下瀛洲！商载雪，你背信弃义！”

商载雪拧眉，倒退两步，任月薄之朝自己扑来。身后姬乘风剑风已至，杀招直冲月薄之。电光石火之间，商载雪提剑震开姬乘风，又并指向月薄之疾点。

破风声起，月薄之重重摔落在地，一双琵琶骨已被洞穿。

太痛，以至于咬破了唇，月薄之瘫靠在脚凳上，动弹不得。

冷汗和泪模糊了视线，她试图去寻商载雪的眼，对方却偏头避开，与身后那人道：“常人废了琵琶骨，武学终身无望。师兄可以回去复命了。”

在意识模糊之际，熟悉的白衣身影将她小心抱起，放回榻上，帮她点穴止血。

“召医师来，要快！”

剑子领命而去，商载雪手指颤抖，不敢碰血肉模糊的伤处，只屈指碰了碰她咬烂的下唇。

“呃——”

指节掠过，竟被月薄之拼劲气力张口咬住，她一面撕咬，一面喃喃道：“五雷灭顶，不得好死……不得好死……”

商载雪胸口涌上一股甜腥，任手指破皮、流血，却也不躲，似感觉不到痛一般。

五雷灭顶又有何惧？她商载雪，早不指望此生能有善终。

几日后，月薄之再度醒来，琵琶骨的伤已被处理过，但抬手仍会牵筋动骨般疼。

商载雪亲自侍候她用饭、穿衣乃至沐浴。月薄之无可无不可，只是长久地垂着眼睫保持沉默，似是不认识眼前这个人，甚至，再没开口同她说过一句话。

商载雪的话却越来越多了。喂她饭时，商载雪不厌其烦地询问她喜欢的菜色，换药包扎时反复确认她痛不痛，沐浴更衣时倒难得静默，但偶尔会用结痂的指节刮过她颊侧，仿佛对她十分珍视。

夜里商载雪也不走，就在她房中的坐榻上运功。她偶尔噩梦惊醒睁开眼，商载雪也会心有灵犀一般醒来，问她怎么了。

堂堂宗门少储，如今却跪在脚凳上，一字一句地问永远不回应的人。

那夜金陵落雨，雷声时停时骤，她彻夜难眠，商载雪又来到床侧，俯身望着她："睡不着？"

她怔然凝望对方，终于开口说话。

"为什么？"

其实自船屋排筏下看到商载雪的第一眼，便该知道她身份贵重，重伤流亡于此，背后应有曲折。月薄之从前不问，是心存侥幸，若商载雪留在瀛洲，那些前尘往事又何必再提；若商载雪有心要走，问了岂非给自己徒添心事。

月薄之没有想过，她们竟会这样相似。

那夜，商载雪第一次向人讲起自己的过往。

她出身西津商氏，七岁那年，全族被屠，她因根骨绝佳被宗门所掳，成为“剑子阁”中互相残杀获胜后才能苟活的“剑子”。十六岁，她的修为已超过同龄剑子，因被门主楼聿重用，与师兄姬乘风一同受封少储，未来门主退位时，会选择其中一名继承掌印。

元康六年，她势头正盛，却被姬乘风设毒计伏杀，险些惨死在金陵渡。

“我回来后，姬乘风已大权在握，只等领掌印继位。为了阻止他，我说出流亡瀛洲之事，引起了门主的注意——”

商载雪说到此处，停了下来。

月薄之感知到周遭异常，忍痛坐起身。下一刻，窗棂碎裂，剑锋随风雨一道袭进来。商载雪横剑撞开剑锋，借着一道闪电认出来人是姬乘风。

“门主对你下了追杀令，你不急着逃命，倒有闲情找我的麻烦？”

姬乘风急火攻心：“商载雪，你设计陷害我！”

“陷害？海图不是你偷的？不是你泄露给宗门的敌对方以求支持？”商载雪每说一句，便觉身后的目光冷上一分。

姬乘风冤屈至极：“根本就没有海图！”

商载雪冷笑：“是，你偷的不过是一张废纸，竟还想连同外人夺取掌印。你以为我大败而还，门主为何不怪罪？因为他知你盗图，信你早有二心，为了夺位不惜通敌瀛洲，让宗门损失惨重——事到如今，我不妨让你死个明白！”

月薄之愕然，心念电转间，终于串联起前因后果——攻伐瀛洲是假，流出海图也是假。

商载雪呈上假海图，诱姬乘风去偷，再将消息散布给武林各家，便可将“大败”归因给姬乘风，说他“盗图通敌”。借宗门之手杀姬乘风，又借瀛洲之手削弱宗门——她要报当年的灭族之仇。

自始至终，见过那鱼皮海图的人，就只有月薄之与商载雪。

元康七年，商载雪回到中原那日，便依约焚毁了海图。

只是，为来日还能与船女阿月相见，她将每一寸航线都牢牢记在了心里。

# 八

原来商载雪并未毁诺。

月薄之抬手在要穴处疾点数下，解开修为禁制，内息一时汹涌而来。她起身奔到窗边，秋雨中，商载雪正与姬乘风缠斗。

数息间，姬乘风已露败象，竟向商载雪求饶：“我知道你恨我，我当年设计伏杀你，是太过在意你……我只是、我只是心悦——”

“你”字未及出口，姬乘风再无声息。

商载雪俯身将玉剑掠过湖水，涤净了上面沾染的殷红血迹，脱力似的单膝跪地，良久未起。

月薄之越窗而出，冒着雨自身后环住她的肩，任她侧过脸靠在月薄之的颈窝处，只听她哑声冷笑：“他的确心悦我，若非如此，岂会在杀我前辱我……”

四肢百骸有如冰冻过。月薄之心口剧痛，泪猝然而下，和着雨落在商载雪发上。

怀中的人犹自喃喃：“小船女，你可知在我心里，这世上该遭五雷灭顶之人，要比我险恶得多——”天道不谴，她便替天行道。

秋雨冷得透骨，月薄之扶起她，要回到房内，却被反扣住手腕。

商载雪解下颈间的避水珠，替月薄之戴上："我在金陵渡留了一条船给你，你该知道如何回去，对不对？"

月薄之的脉门处涌过蓬勃的内劲，商载雪只搭了搭，就松开了手指。月薄之脊背生凉，动了动唇，忘记以自己的"伤势"根本无法越窗而出。

商载雪什么也没问，转身行出两步。

"你若要杀我，便是现在。若不杀，我就走了。"

救起月薄之那会儿，不，或许要追溯到船屋初见，她就知道那对姐弟并非寻常人。只是人世腌臜，何人没有过往，她不想问，亦不愿讲。捞月薄之上船时，自己心中已有了计较，却不舍得揭破。

死之一事，原就或迟或早，如能遂了她的心愿，也无妨。

她们之间，总得有一个如愿以偿才好。

一须臾，一弹指，又或是一瞬，商载雪恍惚间无法度量，只觉是等了一阵子。

踏风离去前，身后却只有月薄之带着哽咽的低问。

"你还回来吗？"

而商载雪没有回答。

# 九

月薄之立在雨中，踉跄着追了两步，但已是徒劳。

思绪恍惚，她没来由想起那年，商载雪离开瀛洲的第九个月，她在东市的巷子里，看到了一个熟悉的身影。

乞儿如数年前一般，盖着草席蜷缩在角落，身旁搁着一只破碗。她走过去，一言不发地掀开草席，又拨开对方的乱发，脏兮兮的脸上并无黑色纹样。

连黥刑都是假的。

她忽地明白了当年月生是如何寻到接引人——乞儿海葬不死，身上定有避水珠，月生替他整理仪容时，应是发现了的。

而他竟能一瞒瞒了这么多年。

她十余年人生里，究竟有什么是真的？月薄之哽着喉头连连退步，反身要走，乞儿却道：“带你们走，是任务。劝你不回去，是私心。”

月薄之僵住脊背，乞儿继续说：“我没有说谎，我的妻女确实死于涡流，只是我不愿叛逃，一生流亡。”

“我若不回去呢？”

乞儿笑了："有什么区别？你在乎的人都已经离开了。这里与那里，谈何'回去'。"说着敲碗吟道，"正是，纵归去来，寒雨入梦年光逝。死生地、终意会，白头未几。"

元康八年，月薄之再入归墟，听到了中原武林将攻伐瀛洲的风声。

元康九年，月薄之受命在海战中混入宗门，刺杀主帅商载雪。她猜疑是商载雪毁诺，才令中原楼船顺利来到瀛洲。因此，她以船女身份假意溺水在商载雪的楼船附近，被救上岸后，等待刺杀对方的时机。

而刻下，冷雨淅沥，她抬手抹了把脸，心想，她不会再等待了。

冲上神烈山时，秋雨刚停，峰顶有阵阵浓烟。她在山门前迟疑了片刻，便见一道白色影子自石阶上滚落，玉剑磕出闷响声。

她心一紧，飞身上前将人抱住，抬起头，发现剑子们疾追而下："逆贼商载雪谋杀门主！众剑子随我来！"

"走。"怀中人嘶声推她，"走！"

月薄之按住她握剑的手，莫名想笑，却只咧出一个勉强的弧度。商载雪未及阻拦，玉剑已被她夺走，跟着眼前一花，月薄之横剑已迎上神烈山的众剑子。

血几乎浸透了白色衣衫，四下只余刀剑鸣响声和哀号声。商载雪昏沉地倒在台阶上，不知过了多久，才被人搭肩揽起，踉跄着一步步走下山。

商载雪用尽最后一丝力气，梗直脖子，回头看了一眼。

宗门，终于只在她身后了。

## 十

“去哪儿？”商载雪问。

“金陵渡。”月薄之侧过头，蹭了蹭她滚烫的额，“乘你留给我的那艘船。”

“然后呢？”

月薄之跌跌撞撞地背着商载雪一路疾行，终于见到不远处的渡口，船就停在那里。月薄之拼力一跃，飞身上船，将商载雪放下，内息源源不断地输进她后心，却如泥牛入海。

“然后……我们去哪儿都好。”

似有什么灼痛了商载雪紧闭的眼皮，她迷迷糊糊地想，怎会有这样烫的雨?

俄顷，暴雨又至，月薄之终于放开抵着她后心的手，与她并肩躺在船板上，握住她慢慢冷却的指尖。

船不知漂到了何处，水天昏黑，月薄之恍惚做了个梦。

梦里有神烈山的血与火；有在瀛洲渡口，她跃下船只回头看向商载雪的最后一眼；有上元节的烟火鱼灯、她红透的耳郭，以及平生唯一唤过的“姐姐”。

疾退的光影里，她独自来到元康六年她们初遇时：夜雪覆在商载雪的眉间，她在木筏上俯身凝眸，不由自主地屏住了呼吸。

耳边却偏偏响起乞儿敲碗的声响，当啷、当啷——纵归去来，寒雨入梦年光逝。死生地、终意会，白头未几。

四下无人，她困惑地临水而照，屋檐的残雪落在鬓发，与水中的商载雪一般，皆已白了头。

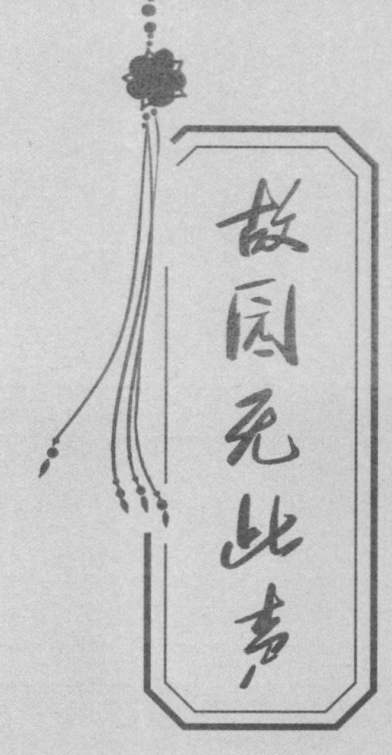


文／楚觉非

何处生春早？
春生云色中。
笼葱闲著水，
晻淡欲随风……

女将军

&

罪臣之女

每年仲春时节，胤王南巡的马车都会路过乐庭。

沈禾抱着琵琶坐在高楼上，俯瞰着马车声势浩大地穿过崇仁门。

玉栊细日，罗幔轻风。恍惚间还以为是十多年前，十三岁的她拽着母亲的衣袖，第一次走过温阳官驿，也看见胤王李偈和敬妃的马车檐上挂着一串清脆作响的银铃。

那时沈禾还不叫这个名字。

自记事起，阿娘时而唤她“萍”，时而唤她“岚”，总之都是些短暂、漂泊的事物，就像那些颠沛的流年。直到入了梁府，她才像一棵稻禾种在了地里，算落了根。

沈是母亲的姓氏，她的父亲是前朝罪臣，被处死时株连九族，只有母亲带她逃了出来，从此隐姓埋名。

那是沈禾流离多年后第一次踏上温阳地界。

她走在人潮拥挤的集市，正感叹这里生活富足，鱼贩突然扯着嗓子喊："来了！马车！"

沈禾被人群裹挟到路旁，袖管被人往下一扯，猝不及防地扑倒在地面上，和众人一起下跪。

车轮缓缓碾过石子路，发出嘎吱的轻响，银铃轻快地碰撞着。整条长街，仿佛能听见每个人紧张的呼吸声。

胤王在幔中喝停了马车，低声吩咐。佩刀侍从走到沈氏母女面前，赏银一锭。

人群中唯有沈氏母女衣衫褴褛、面黄肌瘦。胤王何等聪明，立刻就明白了这几日巡察所见，不过是温阳府使的安排。

胤王希望成为一名好君主，民间金吾不禁，朝堂燮理阴阳，可惜这一路的安居乐业都是假象。但他并不言语，停车赏银只用了须臾，金漆轮毂继续向前滚动。

马车刚离开市井，就有官兵上前将她们反剪双手，一路押解到温阳官邸。

沈禾未曾料想，阿娘带她来投靠的，正是本欲治其冲撞王驾之罪的温阳府使梁秀林。

跪在花团锦簇的前院，她的目光越过杏雨梨云的春色，却怎么也看不清午后阴冷晦暗的厅堂里，府使从沈氏手里接过族中长老的绝笔信时，脸上是何表情。

“……断不能让沈氏绝后，可她偏偏是女儿身。”

府使和母亲说的话，沈禾再怎么努力也听不真切，索性专心揉着被石子硌疼了的膝盖，环顾四周小院。

敬妃梁氏圣眷优渥，梁府亦修葺得气派奢华。春日里雨旸时若，莺飞草长，小院里的迎春花开得正盛，灌木郁郁葱葱。花仆不过绮纨之岁，跟在老奴身后照猫画虎，给一株杏树松土。

沈禾忽然想，哪怕只是终日侍弄花草，能在此安度今生就很好。

这时，她听见身后传来清朗的说笑声，回头见三位华服公子跨过门槛，朝院中走来。

为首的男孩头戴琉璃冠，腰缠翡翠带，年纪约莫十四岁，动作束缚拘谨，大抵常年受繁文缛节所制。

后来才知此人乃大胤世子李巍，是章王后的嫡长子。

在他身后，丞相的庶子裴安着深蓝长袍，风度持重，另一位则穿绛红玄黑劲装，手里把玩着蹴鞠，额上缠一条织锦，面容线条较之裴安柔和许多，让人徒生亲近。

“原来是我的二小姐回来了！”府使笑着对那劲装小公子道。

温阳府使膝下无子，只有两位千金，一位是敬妃，另一位就是眼前这女扮男装、英姿飒爽的梁缙云。

缙云，即黄帝之夏官，兵部也。

大胤任人唯贤，女子亦可同朝为官。梁家这位缙云小姐，想必志在沙场。

温阳府使见世子李巍未随胤王的车队去郊外行宫，连忙起身相迎。

趁着父亲与世子寒暄，梁缙云的目光在院中随意扫视，落在沈禾身上时，忽然抬手将蹴鞠抛过去。

沈禾下意识地接在怀里，抬起头时，见那特立独行的小姐正在向她眨眼睛，示意她把蹴鞠还过去。

漂泊多年，孤儿寡母受了许多欺凌，沈禾对女子觉得更为亲切。梁缙云以此方式与她亲近，并不会让旁人觉得她僭越。

梁家是名门望族，与沈氏不过葭莩之亲。但见沈氏宗亲满纸泣血，府使犹豫再三，还是将母女二人留下。

阿娘被收入浣衣房，沈禾本要去学女红，梁缙云却出面把她要走了，说是缺个伴读。

胤王南巡的日子，梁缙云和裴安不必去上学，整日陪着世子游山玩水。

沈禾跟在他们后面，端茶摇扇，一来二去，和两位王孙公子也熟识了，私下里许多礼节都可省去。

李巍喜欢在江湖小摊押石子。

三个粗陶茶盅，其中一个藏铜钱。摊主让人眼花缭乱一通操作，世子最后总把钱输得精光。

梁缙云和裴安忍不住戳穿这骗人的把戏。

小世子恍然大悟，然后说："日后等我继承王位，须有你们在我身旁辅佐，我才能心安。"

"小裴丞相、缙云将军，至于她……"李巍的目光最终落在沈禾身上，“好生奇怪，这婢子的眉眼竟似我那体弱的兄长。”

起初谁也没在意这句话。

世子在温阳郊下住久了，越发放浪形骸：“……若做不成女官，就将她纳入后宫好了。”

裴安忍不住反驳：“深宫有什么好？比不上温阳城。”

沈禾见不得裴安灼灼的目光，更听不得世子调侃的话，赤红着脸低下头。王孙公子多情又薄情，她只求安稳度日。

下一秒梁缙云就把她拉到身后，半开玩笑半严肃地道：“小禾苗是我的人，你俩可别打她的主意！”

三人不论尊卑闹作一团，无人发觉沈禾的脸颊比之前更红。

“小姐，你就别来打趣我了……”她的手背在身后攥紧袖口。

“嘘！在外面要叫公子。”梁缙云不以为意，笑着摸摸她毛茸茸的脑袋。

那些日子梁缙云总是带着沈禾四处闲逛，勾栏看戏，乐庭听曲，路过小摊再买串糖葫芦。

耳畔飘来琵琶女在高楼上轻唱的靡靡之音，沈禾小心翼翼地吞下一颗山楂果，糖化后粘在唇边，甜蜜而浓烈，就如同与小姐初相识时的三月，酒酽春浓，正是最好的时节。

胤王结束南巡，返程再次途经温阳。李偈特许在城中停留一日，与敬妃、晔郡王李嵋一起登访岳丈府上。

得知胤王一行驾临，梁府上下忙于操办，沈禾只好婉拒几位公子游玩的邀请。

“我可听闻镇西将军抓到了胡人细作，那细作扮的歌姬会跳胡旋舞呢！”裴安穿着绛紫鱼纹长袍，腰间缀一块白玉。这个被寄养在温阳母家的丞相庶子，总能玩出许多花样。

沈禾想起管家今天指派她擦拭整个会客室的御赐瓷器，此刻不禁面露难色。

梁缙云不由分说就把她往偏门拐：“晔郡王要来，就能把世子殿下冷着吗？若真有人拿你问责，我给你兜着。”

那天沈禾没有见着胡姬，只记得世子去河里摸鱼弄湿了衣裳，水滴了一路。

刚到梁府，内官急匆匆地迎上来：“哎哟！世子殿下，您怎生弄成这副模样？温阳的下人竟如此不得力……”

李巍到底年纪小，近日更是在山水间玩得不亦乐乎，开始和宫里来的老古板斗嘴。

“何人在外喧哗？”胤王李偈绕到影壁前，在敬妃的陪同下踏出门槛。

宫中竟有如此雍容貌美的女子。华服浮翠流丹，步摇风鬟雾鬓，肤如月中聚雪，一颦一笑鹄峙鸾停。

沈禾正瞧得入神，敬妃的目光也正好转过来。敬妃旋即怔住，一副大惊失色的模样，一抬手，一杯热茶便朝沈禾兜头泼来。

滚烫的茶水泼了沈禾一脸。她愣在原地，竟忘了呼痛。

梁缙云率先反应过来，一把将沈禾扯到身后，俯首道：“缙云调教不力，敬妃娘娘恕罪！”

敬妃朝旁边的尚宫使了个眼色，立刻有女官上前，将捂着脸的沈禾从偏门架了进去。

梁氏宠冠后宫，先后诞下晔郡王李嵋和两位公主。梁家光耀门楣，府邸数次翻新，气派得宛若行宫。沈禾揉了好一会儿眼睛，才看清自己被带到了梁缙云的别院柴房。思来想去，她仍不解敬妃为何会震怒至此。

院里传来窸窣响动，透过窗缝，沈禾看到梁缙云只身前来，几下卸掉挂锁，推门而入。

“小姐……”沈禾见她鼻梁上横着一道血痕，左边嘴角也肿着，心下担忧。

梁缙云见沈禾神情低落便会错了意，笑着说："小禾苗，别怕！这事本就与你无关。"

沈禾缓缓摇头，她其实是在担心小姐被问责。正觉得沮丧，忽然感觉颊边一暖，梁缙云竟在用指腹探她被茶水泼到的地方。

"痛吗？"

这一惊非同小可，沈禾往后瑟缩了一下。她本就不习惯与人亲近。

梁缙云转身从旁边的水瓮里舀了一瓢凉水，将手巾沾湿后不由分说地冷敷在她脸上，很快火辣辣的刺痛感就消退下去。

"不要留疤才好。"她的声音很轻。

沈禾从未这么近距离地看过这张脸。梁缙云生得明眸皓齿，杏眼黑白分明，鼻梁高挺，线条却柔和，此刻正垂着眼睛专心地吹着沈禾烫伤的脸颊，浑然不觉自己脸上也添了新伤。

漂泊多年，沈禾见过许多吆来喝去的官兵，她不喜欢男人明目张胆的野心和凉薄，她喜欢梁缙云的眼睛，柔和却坚忍。

"小姐，我好喜欢温阳城……我哪儿也不想去。"沈禾说。

"好好的怎么说这些？"梁缙云觉得奇怪，只是笑道，"知道啦。"

沈禾盯着她，许久不作声，气氛在两人清晰的呼吸声里变得沉闷而怪异。还好梁缙云想起一事，从背后拿出一个面具。

这是前几天在夜市上，一起逛灯会时看见的。白玉面，点朱漆，沈禾爱不释手地把玩着。但世子急着去放河灯，梁缙云就把她从面具摊前拉走了。灯会不常有，她三步两回头，非常不舍。

“戴上。”

沈禾以为自己听错了，抬起头却发现梁缙云欲言又止。

“小禾苗，你以后在府上就跟着我，没有我的允许，任何时候都不能把面具摘下来。”她又强调一句，“这可关乎你的小命，千万记住了！”

这张面具的材质很硬，硌得沈禾的太阳穴微微发痛，她似懂非懂地点了点头。

日出时分，婢子们端着菜肴从厨房鱼贯而出，穿过春深小园。沈禾端着一盆奶白色的豆腐鲫鱼汤跟在最后。

宴厅雕栏玉砌，飞阁流丹，乐师们在角落里弹筝，曲调拖着一丝悲凉细长的尾音。

方方正正的厅堂里，坐北朝南的尊位上自然是胤王，敬妃在身侧布菜侍候。右序为温阳府使梁秀林及夫人，左序则是胤王世子李巍与晔郡王李嵋。另有家中贵客，只能屈居次位，其中便有丞相及妻儿，裴安赫然在列。

沈禾正要俯首退下，目光透过面具的孔洞恰好落在李嵋的脸上。这一见简直非同小可——晔郡王李嵋，竟生着一张与她极其相像的脸！

他们的五官本就相似，加之李嵋自小体弱，少见阳光，整张脸更显阴柔，乍看与女子无异。

沈禾想起白日里敬妃突然泼来的茶，察觉其间另有隐情，来不及多想，身边忽然有人拽住了她的胳膊——梁缙云一改往日装束，缎发披肩，面容却不减往日英气。她挤眉弄眼一番，示意沈禾在旁入座。

沈禾第一次与朝堂上的人物同座用膳，不敢怠慢，跪坐在侧给小姐布菜，听觉保持着敏锐。

丞相裴元向胤王敬酒，随即转向敬妃："娘娘数月前又得一贵女，老臣未能及时道贺。公主好福气，得您这般尊贵的母妃。"

敬妃的面容藏在酒杯后，言语滴水不漏："怎敢受此谬赞？王城的那位，才配得起'尊贵'二字。"

“娘娘不必谦虚。”裴元拊掌大笑，“臣犹记得那个雨夜，娘娘诞下惠颂公主时，恰逢罗美人临盆。宫中医官皆在娘娘住处伺候，可怜那罗氏无人照料，母子皆薨。”

敬妃脸色一白，手中的酒盏跌落在地，骨碌碌一直滚到沈禾的脚边。

胤王面露不悦：“那罗氏福薄，提她作甚！”

如今敬妃宠冠后宫，朝中臣子颇有不满，时常在君侧弹劾。而胤王毫无纳谏之意，言语间都是对敬妃的偏袒。

沈禾听得仔细，突然听见旁边梁缙云低声咳嗽。她回过神来，才发现自己没把菜夹到盘里，倒是搁在了小姐的衣服上，月白色袖口一片油污。

她赶紧掏出手帕去擦拭，可是越擦油污洇开得越宽。她本来是跪坐着，一着急就跪立了起来，引得对面正大快朵颐的李巍和正在咳嗽的李嵋都不禁看过来。

梁缙云按住她的手腕，把她重新拽下来。

“算啦！”梁缙云假装愠怒，“小禾苗，以后我再好好教你规矩！”

梁缙云怕她又出差错，成为众矢之的，接下来握着她的手腕就没松开过。

习武之人手掌生着薄茧，沈禾清晰地感知到她炽热的体温，这一刻竟连呼吸都不敢起伏。

“从明天起，四书五经六艺，你我同窗而学。你开蒙太晚，我会教你。”乐声很吵，梁缙云在她耳边低声说，“尤其是胤王宫里的规矩。”

梁缙云要送她入宫？

沈禾原以为小姐已明白她有多渴望现世安稳，明说的是想留在温阳城，未明说的是想留在她身边。但现在看来，无人明白，也无人在意。

宴会上宾主尽欢，君臣举杯相贺，梁缙云端起酒盏和歌，与旁人言笑晏晏。

## 六

阿娘的身体因早年饥寒落下病根，年关时大病一场后西去。府使念沈禾可怜，赏她一处闲院，吃穿用度与小姐无异。

反正人生早已是飘萍断梗，沈禾并不在意府使给的锦衣玉食，依旧沉默地戴着面具继续侍奉梁缙云。

星霜荏苒，几度春秋。很快又到腊月，岁聿云暮之际，温阳开始下雪。雪夜里，梁秀林将沈禾唤入茶室。屋里影影绰绰，墙上映着一名女子的侧颜。

“沈禾，来见过星宿厅的神官大人。”府使大人招呼她。

神官着装肃穆，乌发在脑后篦成髻。星宿厅的神官终身不能嫁娶，不染凡尘俗世，样貌非常年轻。

“我已看过这孩子的四柱，擅卜吉凶，易通鬼神，是祝诵神女的极佳人选。”

在星宿厅，星使观测星轨，神官占卜卦象，都是受人尊敬的职位。而祝诵神女以身作瓮为王室引除煞气，位卑言轻，常由神官在民间遴选。

彼时梁缙云已被选入戍御厅，超擢从四品，拜为副骁骑参领，不日将启程前往王城任职。王城到温阳路遥车慢，此去只有除夕才能阖家团圆。

思及此，沈禾竟鬼使神差地答应了神官。

直到上元节，梁缙云才看见她左臂上的守宫砂，问出了她入选星宿厅的事。沈禾没想到梁缙云会发这么大的火，本来在校场好好练箭的，闻讯后把弓都折了。

“不准去！”梁缙云把断弓扔到一边，拽着她去马厩，“肯定是老家伙出的主意，我替你去说情！”

梁缙云翻身上马，一弯腰就把沈禾捞起来，让她搂着自己的腰。两腿轻夹马肚，那匹马扬起四蹄，奔逸绝尘。

迎面的风灌得沈禾睁不开眼，她低声呢喃：“我以为小姐想送我入宫……”

“那、那还不是因为……”素来伶牙俐齿的梁缙云突然结巴起来，下一瞬她的表情变得凝重，“可现在神官选中了你，说什么都晚了。”

两家望族今日设上元佳宴，为将去王城赴任的梁缙云和裴安送行。

梁缙云带她从偏门进去，绕开仆人，把她藏进西厢房，落锁前还专门嘱咐她乖乖等着自己。

上元节的热闹被隔绝在门外，路过的婢女又在叽叽喳喳嚼舌根，议论着宴会上哪家贵公子看着面生，哪家小姐的妆面好看，也议论二小姐和老爷在书房面红耳赤的纷争。

沈禾听不真切，百无聊赖地数着螺钿漆柜上的牡丹纹样有多少片花瓣，不知不觉天色渐淡，遥远的厅堂隐隐传来七零八落的碰杯声。筵席都要散了，梁缙云怕是忘了她。

低矮的檐角下挂着一只贝壳风铃。铃音急促，有人胡乱拨开风铃，跌进屋里。来者并非梁缙云，而是喝得醉醺醺的裴安。

很多年后，沈禾沦为乐伎，抱着琵琶坐在高楼上冷冷睥睨王孙公子的马车驶过，总会回想起这个夜晚。裴安的声音在她耳边忽近忽远，迷糊间她看见檐下的那串风铃在狂风中翻飞，洁白单薄的贝壳脆弱地厮磨、搅缠、破碎。

沈禾永远也不会去问裴安，是谁给了他钥匙。

## 七

上元节一过，离春日就不远了。

屋顶的薄雪融了，雪水像小雨一般淅淅沥沥地顺着瓦当淌下来。本该是草长莺飞、生机盎然的时节，梁府却是一片愁云惨雾。

事情败露是因婢女在晾晒被单时发现了浅浅的印记。她有意记录神女的月信，当即将异常禀告给府使。沈禾不敢隐瞒，和盘托出。

入宫之日紧迫，祝诵神女却失了贞洁。此事若传入宫中，整个梁家都会连坐。

这个难以启齿的秘密最终被府使亲自压了下来。沈禾的左臂被重新用特制的颜料点上了代表纯洁的印记，她入宫前一直被关在房中，屋外有重兵把守。

沈禾终是得偿所愿，与梁缙云一起踏入王城。只是今非昔比，一个是骑着青骢马在前方压队的女将，一个是穿着白罗衣在轿中静养的神女。两人一路无话，好似陌生人。

子时，沈禾戴着面具，由敬妃的贴身侍婢从角门引入大殿，她要为晔郡王施术引煞。

李嵋从小体弱，封了郡王也一直养在宫中。比起其他宫殿的灯火通明，晔郡王的住处要晦暗许多，宫人也寥寥。大门分开，屋内刮出一阵幽幽的风，竟未带出一丝活泛的空气。

宫人并未随沈禾一同进入，将微弱的宫灯交由沈禾自己执掌，在身后合上宫门。

殿内垂着青色轻幔，微风吹拂下隐隐见寝殿后立着一扇花鸟屏风，烛光将两个坐在床边的身形拓印在屏风上，一人梳着雍容发髻，另一人束发，这一切像一幅写意画。

李嵋的寝殿里怎还有旁人？

窗外月色西沉，已是吉时。沈禾不敢耽搁，小步上前绕过屏风，抬头看向坐在李嵋床边的两人——

“见过敬妃娘娘、缙云将军。”沈禾低头行礼。

梁缙云的乌靴朝她迈近一步，随即抬起手，解开了沈禾面具上的绳结。

“抬起头来，让本宫看看。”敬妃的声音听不出喜怒，她抬手捏住沈禾的脸，“……果真是一模一样啊。”

敬妃的眸子里闪过一丝动容，随即似有化不开的雾弥漫，让她陷入一种怪异的痴迷。沈禾忽被这美妇人抱入怀中，耳边响起她痴痴的声音：“我的嵋儿……”

沈禾慌乱的目光越过敬妃的肩膀，看见梁缙云的身边停着一口棺材，棺中躺着的，赫然是了无生气的晔郡王李嵋。他的容貌本就与沈禾很像，再加上长年幽居宫内，须眉浅淡，更具女相，两人看起来竟如双生子。

梁缙云面无表情地后退半步，颔首向沈禾行臣子礼。她虽然没有说话，面容也隐在屏风的阴影里，但沈禾却看出她浑身颤抖，演绎出一种沉默的痛。

沈禾心酸地想，她家小姐本该策马驰骋在辽阔的天地间，她们本该在故园的繁华街市肆无忌惮地追逐奔跑，她们本不该如此。可人生时常因一念之差，结局天差地别。

薨逝的李嵋戴上面具，成为引煞暴毙的祝诵神女，而沈禾戴上翼善冠，成为病愈回春的晔郡王。

“嵋儿，你早些歇下，明日同我一起去拜见你父王。”敬妃慈爱地看着沈禾，仿佛真的在看她的儿子。她的动作温柔得像一阵穿堂风，可眼神里的野心令沈禾心中泛起惊涛骇浪，沈禾很难陪她入戏。

做完这一切，敬妃便离开了寝殿。

梁缙云押棺出宫，最后看了她一眼。那双杏眼里分明有浓烈的情绪在涌动，但最终还是被她轻轻敛去，只余一片阴翳。在长久的静默中，沈禾忽然明白了许多事。

她不过是温阳府使藏在袖中的一枚棋子。这个局梁缙云也知道，她挣扎过、反抗过，还请裴安来阻止——成为丞相贵子的妾室，也好过做一枚棋子。

纷乱的想法像雪片簌簌在沈禾脑海中飘过。

这一夜后，无须解释，无须道歉，她们和好如初。可是梁缙云向她俯首称臣的礼节如此熟练却生分，仿佛她们从未亲近过。

空旷的宫殿里，沈禾穿着繁缛的宫服坐在纱幔之后，来时的路早已模糊。

梁缙云将两扇宫门掩上，木头发出了吱吱的响声，像是一声叹息。

# 八

胤王的奖赏穿过万水千山抵达温阳城，由府使亲启。

随后还有一封深宫密函，提到胤王已同意不日为裴安和惠颂公主指婚，裴家已被拉拢，让父亲不必烦忧。

王宫里的规矩，沈禾在梁府已学了七八，很快这畔郡王便当得有模有样。但她开蒙晚，离胤王满意的儿子还相差甚远，更遑论将世子取而代之。

因此梁缙云常来宫中教她六艺。

毒辣的日头炙烤着草色焦黄的校场，两人周身暑气蒸腾。沈禾已经学了十余天，才勉强将弓拉满。她照着梁缙云的模样张弓搭箭，瞄准把心，弦一松，箭歪射出去。

梁缙云走到她身旁，耐心传授她要领。

离开温阳后，她们从未独处过。宫中人多眼杂，沈禾也知言多必失，所以见面也只是以礼相待，眼神交流都不敢有。

胤王近年身体抱恙，膝下其他子嗣尚无人有继承大统的能力。北疆匈奴频频来犯，邻近诸侯国蠢蠢欲动，王权岌岌可危。胤王已开始忌惮梁家。

“官阶从四品的副参领，不能领兵打仗，只能在这四面高墙的王城里给一个资质平平的假王嗣讲武……缙云将军后悔过吗？”任由持弓的左臂被扶正，沈禾的声音不辨喜怒。

“拉弓的时候要稳住，手臂不要往下掉。”梁缙云在她耳边叮嘱，停顿许久才低声说，“……当然后悔。悔自己位微言轻，你从前一直唤我小姐，我护不了你，反而牺牲了你。”

沈禾没想过会听到这样的回答。

收留之恩此生无以为报，她对梁府不敢心生怨怼。人之所以会失望，是因为有了期待。她曾期待与梁缙云能山高水长，莫逆于心。然而兜兜转转，从温阳到王城，她虽然仍在梁缙云身边，可如今心中已生芥蒂。

“将军是什么时候知道我会被送入宫的呢？是上元节那天，还是更早……比如，敬妃泼我热茶的那天？”沈禾听见耳畔滞塞的呼吸，扣弦的右手微微颤抖，竟如何也拉不满弓了。

“父亲知道我和你亲近，所以一直瞒着我……”

沈禾心一沉——明明在她戴上面具的那天，梁缙云就说要教她宫里的规矩。

早在那天，梁府的人就在一起策划她的牺牲了。

梁缙云并不知她的心迹，绕到她背后，掌心覆住她冰凉的手背，手把手亲自教她开弓。

这样的亲密，和谎言一样让沈禾感到不适。有那么一刻，她很想丢开弓箭，挣脱梁缙云的束缚，甩掉头上沉重的翼善冠，头也不回地逃离王城这座哀牢。

但午夜梦回，她又总会梦到自己第一次踏入梁府那天，杏雨梨云，莺飞草长，梁缙云随意颠着一只蹴鞠走出树影，出现在她面前。

也许等到日后功成身退，她们能再回到温阳小城，就着乐庭的袅袅靡音，平淡了却一生。

“小姐。”这个称呼荒废已久，让梁缙云听见时也不禁一颤，“我自愿一路追随小姐至王城，虽然身份有变，但好在未违背本意。我不曾后悔。”

沈禾终于说服了自己。她将全力灌入双臂，稳住弓、拉满弦，心无杂念，羽箭如白虹长驱，正中靶心。

胤王妄寻长生之法，多年服用方士所炼丹药，毒素沉积，终在大胤九年迸发。

李偈卧病三个月，朝堂议论纷纷，据传胤王不日将宣诏传位。

温阳府使暗自调派私军，扮作北疆商队，避开官道赶赴王城，实际上香料货匣下面藏着兵刃。

兵变夺权的日子定在胤王寿宴当夜，在胡人俘虏献上破阵舞时，以三声鼓点为号，生擒世子李巍，逼宫胤王。

那日惠颂公主与裴安早早入宫，给敬妃请安后，匆匆赶往杏林苑。

胤王自身体抱恙以来，总喜欢在宫中别苑举行游园会，憩在树荫下看王宫那些年轻的小辈嬉戏，如此仿佛自己也恢复了几分精神。

沈禾正举着一支箭，专心瞄准投壶。

梁缙云已经赢了好几吊钱，刚刚还投出了双耳，她可不能比老师差太多。

可惜裴安正好用力清了清嗓子，把她吓得手臂脱力，箭擦着壶耳扎进了草地。

沈禾遗憾地叹气，这时听裴安在旁边幽幽地说道：“深宫有什么好？比不上温阳城。”

此话似曾听过。她抬起头，裴安望向她的目光灼灼，一如当年——话里有话，难道他知晓了如今的畔郡王已被偷梁换柱？

沈禾心中的不安一直延续到游园结束，筵席开始。

寿宴大肆操办，歌台舞榭，曲水流觞，周边的诸侯国献上的乐伎舞姬从舞台两端款款而上，宫移羽换。

沈禾惴惴不安地坐在侧位，借着觥筹交错之际，躲在酒盏后悄悄打量着席上所有人。

胤王强打精神斜卧在主位，由敬妃陪着勉强进食；斜前方世子李巍谦恭有礼地应和左右邻的祝酒，一副志得意满的模样；梁缙云的座席很远，沈禾看不清她的表情。

最后的献艺来自戍御厅的北骑校尉，由九名脚拖铁链的胡人俘虏为胤王献上《破阵曲》。赤裸上身的乐手，遒劲有力的手臂抡着鼓槌，鼓点如急促的心跳。

铿锵有力的武曲将以三声鼓点收尾，沈禾在心里默默倒数着，没注意到殿前出现了一名须发皆白的星宿厅星使，那星使蹒跚而急促地小跑入殿中，穿过铁甲破阵，径直走到王座前跪下。

“启禀王上，臣夜观天象，见原本祥瑞的星象骤变，荧惑守心。依臣之见，恐有人在宫中行巫蛊之术。神官以蓍草占方位，最终在敬妃寝殿中搜出一只灼鼠，望王上明察。”

一只焦黑的灼鼠被呈上。

满座哗然。在星宿厅之外行巫蛊之术乃宫中大忌，轻则流放塞外，重则诛灭九族。

胤王的声音不辨喜怒：“休得胡言。敬妃淑性茂质，如何能行巫蛊之道？”

“敬妃娘娘自然不懂术法，但王上可知，如今的晔郡王是曾被星宿厅选为神女的女子所假扮？”一个年轻男子的声音幽幽响起。

是裴安。

沈禾怔怔地望向那张越发陌生的面容，入宫后数年不见，曾经的玩伴已生得颀长挺拔，眼神锐气却削减，曾经直挂云帆的风发意气被死死钉在公主驸马这无用的称谓下。表面光鲜的赐婚，反而种下了他对梁家的恨意。

沉稳持重的敬妃忽然起身，抓起案上一盘李子，用尽全力掷向那面鼓。青涩的果子敲响近乎绷裂的鼓面，发出三下微弱的响声。

禁卫军张弓搭箭，温阳私军鱼贯而入，金铁交击声顿起。

宫变后，温阳府使因滥养私军、篡位谋权，被判立即抄斩；敬妃欺君罔上，被褫夺封号，永禁冷宫；梁缙云身为从犯本是死罪难逃，世子李巍念少时相伴之情，留她一命，被判流放北疆，永世不得返回。

裴安也不知念了什么旧情，将沈禾保下来，免去了她的欺君死罪，与梁家女眷一同没为官奴，卖入王城乐庭。

胤二世李巍仁厚，梁缙云启程去北疆的那天，许了沈禾一天自由身。

梁缙云被押解着从胤王宫角门出宫，一路沿中央大街，途经勾栏乐庭无数，由崇仁门离开王城。

沈禾骑一匹瘦马，头戴幂篱，在角门外追上押解犯人的军队。数日不见，梁缙云已是满身狼狈的阶下囚。沈禾记忆中那个自由明媚的小姐，仿佛被永远地留在了温阳故园。

梁缙云看见幂篱下沈禾的脸，眼神中闪过诧异，难得地流露出几分喜悦。她们并驾而行，长街车水马龙，唯愿没有尽头。

两人半晌无话，热闹的街景走马观花地从眼前溜过，过了今天，就只余黄沙漫漫和小楼西风。千帆过尽竟是如此滋味。

“还记得那一年，胤王和我长姐南巡回来，途经温阳，长姐泼了你一杯热茶，就是不想让胤王看见你这张与李嵋极其相似的脸，日后才好将你作为备棋，为她所用。如今的结局，其实早在我脑海中演过许多遍。”

梁缙云从小善骑射，却从未驰骋于草原。锦衣玉食但身不由己，是谋臣之家永恒的宿命。

她说完这些，竟长舒一口气：“人生不如意之事十之八九，李巍允你来送我，也算十之一二的圆满了。”

沈禾听得动容，心里的那根刺却不合时宜地疼痛，有些话若不问，遗憾便是一辈子。

“我曾说过我喜欢温阳城，其他地方都不想去。”她苦笑，“当然，小姐应该不记得了。”

“我记得。”梁缙云说，“我一直记得。”

沈禾有些不可置信，但她只是继续说：“我茕茕孑立，将温阳城视为故园，是因为小姐。所以小姐去王城受命，我留在温阳也没有理由了。去星宿厅，不过是我不可言说的私心罢了。”

“我也有私心。”梁缙云苦笑道，“胤王南巡回来那日，我便知道我是一定会去王城做官的，可我……舍不下你。所以我教你王城的规矩，想把你一直带在身边。”

原来是这样。沈禾却再也流不出泪，微微眨动的眼睫，像深秋飞不动的蝴蝶。

崇仁门近在咫尺，一名监军打马上前，拦住沈禾的去路。她勒马止步，但梁缙云的路却远远望不到尽头。

她们默契地谁都没有说告别的话。

城门慢慢关闭，梁缙云回首朝她一笑。恍惚间，沈禾仿佛看见初见时小园花影里那个穿劲装的小公子，与同伴言笑间，不经意就闯入她的视线。

此去经年，万水千山。

## 十一

沈禾抱着琵琶坐在高楼上，俯瞰着马车声势浩大地穿过崇仁门。

新继位的胤王李巍在每年南巡时，依然会经过乐庭，特意停留片刻，听着她在危楼上慢慢拨弄琴弦时的叹息声。

靡音袅袅，乐伎伴着曲子咿呀吟唱，方言咬字别有韵味，那是从温阳流传来的《生春二十首》。

“何处生春早？春生云色中。笼葱闲著水，晻淡欲随风……”

可惜故园无此声。

# 八千梅花开落处

文／倪光

我要你再不必为权势伏低做小，
我要你如我一般，
也有选择的权利，
我要你……
自由自在地度过这一世的光阴。

新派郡主

&

守旧嫂嫂

宣颂恩这个人，是出了名的命好。

她是靖王爷家的老三，上面一个哥哥、一个姐姐，她是最小的那个。因是靖王爷老蚌生珠得来的女儿，全家都将她当作珠玉来看待。

只是她十二岁时，洋人的使者自港口上了岸，一路进了紫禁城，带来了一肚子新鲜的西洋玩意儿。自此她便被迷了心窍，在王府里闹着要跟着洋人一同去留学。

那年头，若是一般人家的女儿敢生出这样的心思，说不准要被家里活活打死。可要不怎么说宣颂恩命好呢？靖王爷居然答应了她，将她一路送去了英吉利，竟是真的遂了她的心愿。

我第一次听说她的名字，是还没出阁的时候。

我爹是大学士，同宣颂恩的哥哥算是同僚。我爹学识好，只是死板，得罪了不少人，若不是宣颂恩她哥哥照拂，早不知被排挤到哪儿去了。

知道宣颂恩真要出海留洋时，我爹在家里吹胡子瞪眼，说什么“国将不国、女子无才便是德”这样的话。

我娘劝他：“又不是你女儿，你生的哪门子气？”

我爹怒道：“无知！这样的名声，菟儿将来嫁过去，岂不是要受她的牵连！”

我大名唤作乔菟，菟这个字不好，显得轻薄。只是我爹请了高僧为我批命，高僧说我是轻薄桃花逐流水的命格，未来注定要漂泊一生，倒不如取个更轻的字眼儿，也好以毒攻毒。

我爹是个饱读诗书的人，偏偏这一次信了命，替我取了这样的名字，又左思右想后恩将仇报，将我嫁给了宣颂恩的哥哥，说他命格硬，压得住我。

我出嫁前，我爹谆谆教诲我说：“宣小王爷是个和气的脾气，我找人替你们算过八字，说你同他们宣家人，是前生的缘分。”

那时我爹还不知道，缘分这种东西，除了百年修得同船渡的锦绣良缘，还有情天恨海的孽缘。

我初次见到宣颂恩，是在一个下雪的日子。

那一日百里皇城银装素裹，院中的蜡梅开了，香得隔着几条回廊都能闻见。我房中的大丫鬟一早便起来收集梅花瓣上的雪水，封在坛中拿来泡茶最是风雅。

府中日子过得安闲，我们这些后宅女子，每日思忖的，便是这样的小事。

我一时走了神，丫鬟已经打起了门帐。大福晋屋内的热气一下子涌了出来，夹着一股说不上来的清雅的香气。

在略微昏暗的光中，我望见角落里坐了一个人。

冬日的光也是冷的，隔着西洋进贡来的玻璃窗，她那张素白的脸，被映得发出了雪亮的光。

她有一双长长的凤眼，斜飞入鬓，黑得像是墨汁，眼皮正懒洋洋地垂着。听到声响，她抬起眼睛，眼底忽地爆起一簇亮光，看着我，似是跃跃欲试。

可下一刻，她就移开视线，漫不经心地继续同大福晋说："……待得腻了，便回来了。"

大福晋在我面前向来肃穆，听她这样说，却笑道："偏你惫懒，当初你阿玛费了多少工夫才将你送出去，如今倒是一声不吭便回来了。”

原来这便是宣颂恩了。

我垂下眼睛，余光看到宣颂恩玉白的指尖正把玩着一串老坑种的翡翠手钏，闻言她语调散漫地道：“若不是惦念着您同阿玛，我又何必千里迢迢回到您二位身边。”

大福晋笑得更开怀了，惹得一屋子的丫鬟太太都跟着一道笑。只宣颂恩仍是那副淡淡的模样，似是这满屋的锦绣富贵都同她没有分毫干系。

后来我才知道，她秉性如此，望着花团锦簇，内里却是一副冰雪心肠。

大福晋同她寒暄够了，这才想起了我，随口介绍说：“这便是你大哥哥的福晋。”

她又抬起眼睛，我瞧见她一直把玩手钏的手指停住了：“原来这便是我的……嫂嫂？果然绝色，大哥哥当真好福气！”

“嫂嫂”二字，被她念得婉转悠扬，我莫名有些耳热，垂下头去轻声道：“郡主谬赞了。”

“嫂嫂同我相处久了便知，我这人从不同人应酬。夸你美，你便是真美。”

上首的大福晋嗔道："你这孩子，怎么一副纨绔行径。"

她只歪了歪头，那一双狐狸似的眼睛，似笑非笑地盯着我，像是笃定我绝逃不过她的掌心。

夜里，宣小王爷难得来我房中，却不为别的，只问我："今日你同颂恩见面了？"

我有些懵懂："是。您没同她遇上？"

宣小王爷扼腕："我下朝时，这丫头又不知道跑哪儿去了。明日你若见她，替我告诉她，回来不同大哥哥见一面，算什么道理？"

这个家，人人都眼巴巴地等着她，将她放在心尖上，当作珍宝。

为了宣小王爷一句话，第二日，我特意守在门口。

大雪还在下，淹没了院中一树白梅。日上三竿时宣颂恩方才起床，要丫鬟领我进去。

一重一重的帷幕后，宣颂恩正懒洋洋地半倚在床前，衣襟大敞，露出光洁如玉的颈子。我只看了一眼便连忙移开眼去，她却笑了：“嫂嫂，怎么一大早就来找我？”

这算哪门子一大早。

我刚要说话，她又道：“难不成是想我了？”

这话说得太混账了。若不是因为她也是女子，我定然要斥责她放肆。

可一想到府中所有人对她的态度，我只好忍了下来：“是小王爷让我来向郡主传话，要郡主在府中等他。”

“小王爷？”她却闲闲地挑起半边眉锋，“你和大哥哥成婚多久了，怎么还这样生疏？”

我实在忍不住：“郡主若是没有旁的事要吩咐，我便先告退了。”

“先别走。”她喊住我，“你叫什么名字？”

我不语，她便站起身来，走到了我面前。

离得近了我才发觉，她的身量原来这样高。她微微垂下眼睛，看着我的眼神里满是戏谑：“还是你只想听我唤你嫂嫂？”

这话说得倒像是我要占她便宜。我努力淡然地道：“乔菟。”

“怪名字。不过……”她说，“倒真像是一只小兔子。”

我被她气得面红耳赤，顾不上礼节，拂袖而去，听到身后她笑道：“现在像是一只发怒的小兔子了。”

这人真是……真是个浪荡子。还好是个女子，若是个男子，还不知要惹出多少情场风波。

我身旁的丫鬟小声道："郡主怎么是这样的秉性！"

"不可妄言。"

丫鬟是我自家中带来的，并不怕我："不过……郡主倒像是对小姐很有好感，您若同她交好，说不定姑爷也会对您更亲近几分呢？"

我脸色一凝，呵斥她："再胡说八道，便自己去掌嘴！"

丫鬟这才住了口，可我也知道，她只是为我思虑罢了。

这个王府，人人皆知我并不受小王爷宠爱，似是桌上摆着的一只花瓶，是一件精致却并不稀罕的摆设品罢了。

不似宣颂恩。

可若人人皆似宣颂恩，又如何能衬得她矜贵？

那几日，因着宣颂恩回来，王府内大摆宴席，车如流水马如龙，整

个京城都因她而沸腾。

南来的戏班子摆了堂戏，要唱足三天三夜。

我同宣颂恩相处不来，便借故身体不适，躲懒不出席。

戏子的嗓子好，绸缎一样的戏腔缠绕在雕梁画栋的檐上，丫鬟们听得入了迷，我便给她们放了闲，让她们也去听戏，只自己歪在窗前读一本书。

忽然，一颗荔枝从外面被掷了进来，鲜红的果子滚在我的裙摆上。

我吓了一跳，抬起眼睛，就看到宣颂恩竟然站在那里，笑盈盈地问我："看什么呢？"

她今日做男子装扮，同那些男子一样，也在发尾坠了璎珞流苏，此刻长身玉立，竟比宣小王爷还要俊俏得多。

"嫂嫂这是看我看呆了？"

我面上一烫，收回视线："你来做什么？"

"听说你病了，来看看你。"

我同她有这样的交情？

我看着她的眼神有些狐疑，她就又笑了，说："你这样看我，倒像我是什么洪水猛兽。在家待着无聊，我同大哥哥说了，带你一道出去逛逛。"

自从嫁入王府，我便再也没有出过门。

其实还未嫁人前，我也总共只出过两趟门，都是为了去庙中上香祈福。

若说特意出门玩乐，那是万万不敢有的念想。

我垂下眼睛："多谢郡主美意，只是我身子不适，实在不能奉陪。"

"这好办，我这就拿了大姐姐的手牌，请御医来为你诊治。"

她居然威胁我！

王府大郡主如今在宫中正得圣宠，若被她知道我装病，还不知要如何看待我。

我被气得说不出话来，宣颂恩却又软声道："嫂嫂，我在外漂泊了十多年，一个人出去难免畏惧。你就陪我一道，好不好？"

她是天生的好皮相，这样柔声软语，谁抵抗得了？我被她软磨硬泡，到底松了口："你要去哪儿？"

"四处逛逛便是。"她含笑道，"总不会把你卖了的。"

她这人就是这样，口中一句真一句假，让人分辨不清到底是真心还是假意。

很久之后，我才如梦初醒，她是这样的天之骄女，应者如云，便是她近乡情怯，又何须我来陪伴？

只是那时我实在愚钝，竟真陪着她在京中闲逛了半日。

她一忽要往郊外的马场去，一忽又让车夫转头去看集市。马车被她指使得团团转，我脸色不好，有些想要作呕，她察觉到了，这才带着歉意道："嫂嫂，实在对不住，忘了你身子不适了。"

"郡主到底想去何处？"

"只是随便逛逛，不若嫂嫂替我指点一二？"

她这样恳切，我只好道："那便去寒山寺吧，那里的梅花，如今正是盛放之时。"

宣颂恩笑道："果然还是嫂嫂有闲情雅致。"

不是我有闲情雅致，只是我知晓的，也只有那座寺庙罢了。

道路渐远，车马颠簸，宣颂恩掀起车窗一角向外望去。丫鬟轻声提醒："郡主，您金尊玉贵，莫要被外人看了去。"

宣颂恩闻言轻笑一声，反倒对我说："嫂嫂就不好奇，外面都有什么吗？"

我下意识地向外扫了一眼，只一眼，便望见路旁满是面黄肌瘦奄奄一息的灾民。我吓了一跳："这是怎么了？"

"今冬大雪，京中显贵皆以赏雪为乐。"宣颂恩脸上仍带着笑，可狭长的眸底却闪过嘲讽，"却不知，多少地方遭了雪灾。"

可下一瞬，她便收回手来，言笑晏晏地对我道："外面风大，没有冻着嫂嫂吧？"

她这样莫测的脾气，我实在不知如何应对。到了寒山寺，我去拜佛，她却不见了踪影。丫鬟小声和我道："郡主不会是跑了吧？"

我皱眉："好端端的，她跑什么？"

"您不知道，郡主这次回来，王爷已替她议了一门亲事。"

亲事？

哪怕我并不喜欢她，却也觉得，这样的女子，京中满门，又有谁可同她匹配？

丫鬟还在絮叨，我听得烦了向前走了几步，刚好绕过一丛梅花，望见了梅林深处的宣颂恩。

百里梅林深似海，皑皑白雪压在殷红的梅花上，她一张素白的面孔如冰似雪，竟让人不忍打搅。

我一时驻足，瞧见远处梅林深处闪过一抹男子铅灰色的衣角。她忽然回眸："拜完佛了？"

我应了一声，她又问：“求了什么？”

“求……四海升平。”

她轻笑一声，似是笑我天真。我不服气，问她说：“若是你，你会求什么？”

“我不信神佛。”她说，“拜佛不过是拜自己心中的欲念，我只信这一世，人定胜天。”

风卷着落了的梅花吹过满地的大雪，她的衣袂翻飞，恰似蝴蝶。这一瞬吉光片羽，我却似触碰到她玩世不恭之下的傲骨。

临走前，我将自己随身带着的玉佩捐给了庙中，希望方丈能够施粥布善。她在一旁看我，目光灼灼，我被她看得不自在：“怎么，以为我只会求佛？这世上不止郡主一个人知道人定胜天。”

她笑了：“你这会儿倒是牙尖嘴利，不像小兔子了。”

她随手解了一串玛瑙的禁步，丢给方丈：“也算我一份。”

晚上，宣小王爷又来我房中，不同我寒暄，开门见山便问：“你今日陪颂恩出去，都去了何处？”

他脸色有些凝重，我迟疑片刻报出了寒山寺：“是出了什么事吗？”

小王爷听了，这才微微笑了笑：“没什么。颂恩这么久没回来，怕她乱跑出了岔子。日后，她若再约你出去，你便陪着她。只是……去什么地方，你都记得让人来和我讲一声。”

我应下，他便又匆匆地走了。

窗外月朗星稀，我望着他的背影有些出神，丫鬟又在替我抱不平：“姑爷也真是的，总不肯在您这儿住下，倒似您是什么洪水猛兽。”

我在家中，也如珠似玉，在他眼里，却不过是鱼目罢了。

我怅然一笑，忽然想起那日大雪纷飞，宣颂恩朝我回眸时，漫天雪花似乎都为她而停。

若这一生，能似她一般洒脱，纵然只有片刻，亦令人心向往之。

大概是我那次陪得好，后来的日子，宣颂恩总来寻我。

宣小王爷要我看着她，自然乐意见我们两个关系好，叮嘱我一定别惹恼了她。

便是他不说，我也不敢得罪整个王府的心尖子。还好宣颂恩虽然看着浪荡，脾气倒是不错，哪怕我笨嘴拙舌，她也从不生气。

只是有一次，她突然问我：“嫂嫂，你读过书吗？”

那时我正在替她研墨，闻言一怔：“只念过《女则》。”

“我听说你爹是大学士，他竟然没替你延请夫子？”

我爹是出了名的满腹经纶，也是出了名的老学究，如何会让我做这样不守妇德的行径？

往日里，“女子无才便是德”这样的言论明明我也烂熟于心，可在她面前，我却忽然说不出口。

她大概是看出来了，淡淡一笑，忽然道：“会写自己的名字吗？”

“会。”

“那……会写我的吗？”

其实我是会的。

哪怕我爹不肯教我，可他手不释卷，走到哪里书便看到哪里，有时落在厅里被我捡去，连猜带蒙，到底也让我学会了几个字。

可我只道：“郡主名字贵重，我哪里会写。”

她便拽着我的手腕，将我拖到了身边：“我来教你。”

她身量高，从身后握住我的手，倒像是将我整个人揽在怀中。鼻端是她身上极淡极轻的气味，她的手指修长冰凉，同我的手指扣在一起。

整个王府，这一刻寂静无声，唯有檐下挂着的灯笼被风吹动后，发出零落的声响。她的下颌压在我的肩上，把着我的手，一个字一个字地写。

我有些神不守舍，视线总莫名落在她的侧脸上。她似是没有察觉，只是将她的名字写完，问我："记住了吗？"

我这才回过神来，胡乱地点了点头："记住了。"

"写一遍给我看看。"

她这样，倒像是夫子考学生。我实在没办法，只好在纸上将她的名字又写了一遍。

她指着第一字问我："这是什么字？"

我说："宣。"

"这两个呢？"

"颂恩。"

她忽然笑了，柔声道："我在。"

她笑时，微热的呼吸拂在我的耳根处。我猛地要将手抽出来，却将一旁的砚台打翻了。

浓稠的墨汁溅了我们满身，连带她玉色的指上也染了痕迹。

我连忙道："我来替你擦。"

她慢条斯理地伸出手来，似笑非笑地看着我，我垂着眼睛只做不知。帕子擦过她的手指，她忽然反手握住了我的手。

“嫂嫂。”她又问我，“若你能选，你愿意嫁给我大哥哥吗？”

这问题午夜梦回时我也曾想过，只是几番辗转，却也没有答案。

我低下头，轻轻说：“女人总是要嫁人的，宣小王爷对我很好。”

宣颂恩嗤笑一声，似是看出了我言不由衷。

我心中升起一点不快，故意道：“便是郡主千金之躯，不也要遵父母之命，嫁得一良人吗？”

握在我手上的手指渐渐收紧，宣颂恩一双凤眸冷淡美丽：“我不似嫂嫂纯孝，不愿做的事，便是父母教诲，也难从命。”

是啊，她不愿做的事，自然无人能逼迫。

她命好、运好，得天独厚，是这皇城里最尊贵快乐的女子。

“可这世上，又有几人能有你这样的运气？”

一颗泪坠下去，恰好落在她的手背上，她似是被灼到，终于放开了我。

我狼狈地低下头，将眼中的泪擦去，便匆匆转身离去，听到身后她说：“是我失言了……菟儿，你别生我的气。”

我回眸，在熹微的光景中，望见她正看着我。一向淡薄的眼底，这一刻却多了几分惶急。

日后回忆起来，那还是我第一次见到宣颂恩那样的神情。

她一向运筹帷幄，似是万事万物都在她的股掌之间。唯独那次，她似是一个做错了事的孩子，明明想要追来，却偏偏不敢上前。

那天之后，宣颂恩便不来了。

我乐得清闲，连丫鬟都说："郡主总使唤您，现在不来倒好。"却又小声道，"只是郡主不来，日子又同过去一样无趣了。"

人人皆道京中繁华，可生在这最富贵之地的女子们，偏偏日子过得像是一潭死水。唯一的不同，便是那几日饭食中的青菜没有了。

冬日青菜娇贵，都是在暖室中培育出来的。丫鬟生气："定是这伙子人假公济私，又来以次充好了。"

她是个炮仗脾气，揪着后厨的人追问此事。后厨委屈道："这几日闹了起义军，军队都堵在城门，菜实在送不进来。"

起义？这个词离我们实在太远了，我也只在书上看到过，可那上面写的都是昏君无道，民不聊生。

不待我忧心，宣小王爷又来了：“你去劝劝颂恩，闹脾气归闹脾气，饭总不能不吃。”

我诧异道：“郡主怎么了？”

“认识了一些不三不四的人，被阿玛知道了，把她关起来了。”宣小王爷意味深长地看我一眼，“你们出去这么多次，你都不知道吗？”

我垂首认罪，他不耐烦地说道：“罢了罢了，她都三日没吃饭了，你快去。”

我匆匆走到她房外，门被锁得紧紧的，几个粗壮的婆子站在门前守着，见到我来，这才解了锁。

房中没有点蜡烛，四处的帘子拉得紧紧的，在一片昏暗中，我摸索着慢慢向里走去，却忽然被人拽住了手，一把将我按在身下。

头顶是价值千金的鲛人纱，发着一点莹莹的光亮，扼住我脖颈的手指冰冷。我连忙道：“郡主，是我。”

“嫂嫂？”宣颂恩似是笑了，手却没有松开，“你怎么来了？”

“小王爷说您……这几日都未用膳，让我来给您送点吃食。”我故意大声道，却又压低声音，“您是不是想逃出去？”

宣颂恩顿了一下：“你都知道？”

“我知道。您上次问我的话，我都记得……郡主，您是个运气好的人，不该如我们一样被困在后堂中。既然你不愿意嫁人，我愿意帮您逃出去。”

朦胧的光中，我只隐约看到宣颂恩模糊的身影，她正居高临下地打量着我。

许久，她终于松开了手：“嫂嫂，你知不知道这是杀头的大罪。我要做的，可不只是逃婚。嫂嫂，城外的起义军还在吗？”

我悚然一惊：“这同你有什么瓜葛?!”

“你以为我自西洋学成归来，只是为了当个纨绔？”在冰冷的鲛纱光中，她说，“嫂嫂，这万里山河，瞧着满眼繁华，可内里早就腐朽凋敝。一场大雪，死了不知多少人，可朝中照样歌舞升平。这些栋梁之材，人人做着天朝上国的美梦，却不知这世界，早就不是他们以为的样子了。”

“可……可这朝廷……这朝廷不是你们宣家人的吗？”

“是啊，朝廷是我们宣家人的朝廷。可天下却是天下人的天下。”宣颂恩轻轻地笑了一声，望着我，压低声音，如同蛊惑，“嫂嫂，你生在这里，纵是腹有锦绣，也只能相夫教子。难道你就不想似他们男儿一样，一展抱负？”

她似勾魂的艳鬼，我望向她眼底，一时竟移不开视线。两人离得太近，鼻尖几乎抵着鼻尖。

我愣了半晌才说出话来："我只是个小女子，哪里懂得了那么多？"

她嗤笑道："你说出这样的话来，我倒是要看轻你。"

"郡主。"此刻，我反倒心平气和，"我不姓宣，不似你，无论如何折腾，也能保住这一生的富贵荣华。我父亲替我取名乔菟，是希望我如蒲苇菟丝子，温顺而平安。那日你在寒山寺私会的那名男子，我之前以为是你的心上人，可现下看来，大概同叛军脱不了干系。"

她眼中迸出光亮："你竟然猜到了，那你为何不告诉大哥哥？"

是啊，我该告诉小王爷的。

他是我的夫君，是我的天，我爹一遍遍教诲我，夫荣妻荣，一损则损。小王爷对我冷淡，我更该努力讨他欢心。

可宣颂恩却是不一样的。

再多的话，我却不能讲了："郡主，你心中藏着天下，可惜此生我无缘见到你心中所想象的天下……"

我犹豫一下，还是道："你换了我的衣裳，快走吧。"

宣颂恩却没有动："你可知道，你这样助我，往后该如何自处？"

"难道郡主以为我如今过得很好吗？"我第一次这样大胆地直视她

的眼睛，微微笑了笑，“檐下的家雀也会艳羡天上的鸿鹄，我没有选的资格，可是郡主，你有。”

她忽然伸出手臂，揽住我的腰肢，将头埋在我的怀中。我立刻僵住，听她说：“嫂嫂，总有一日，我也会让你有选的资格。”

这话像是在画饼充饥，可也是第一次有人这样向我许诺。

我轻轻点了点头：“我信你。”

环在我腰上的手重重收紧，最后缓缓放开。宣颂恩站起身来，还是那样高的身量，连一句告别的话都没有和我说，便如离弦箭，再不回头。

那日之后，府中起了轩然大波，宣小王爷第一次对着我怒目而视：“你以为她同你交好是真心喜欢你？那丫头口蜜腹剑惯了，你被她卖了还要替她数钱！她到底去哪儿了?!”

见我还是冥顽不灵，他拂袖而去，隔着门我听到他大声道：“将福晋给我关在房里，没有我的命令，谁也不许放她出来！”

我竟也能享受同宣颂恩一样的待遇。

我忍不住笑了，陪在我身侧的丫鬟被我吓到，劝慰道："小姐，您别伤心。"

"我不伤心。"我学着宣颂恩的样子倚在床边，"我看够了他伪善的模样，瞧见他发怒，竟是难得地轻松。"

我一直被关着，丫鬟算着日子和我说："小姐，马上就到你的生辰了，到那时，姑爷的气总该消了吧。"

瞧，就算到了这样的境地，她还是以为我能同宣小王爷举案齐眉。这世道就是如此，要女子三从四德，对男子的要求却如此低廉。

到了我生辰那日，房门真的开了。宣小王爷冷着脸站在门外，对我不耐烦地道："出来。"

太多时日没有见过这样灿烂的日光，我眯起眼睛，愣了半晌，才慢慢地开口："您找我有事？"

"怎么，我这个夫君请不动你？"他见我当真不动，忍怒道，"是你的一位故人要见你。"

马车自王府一路向外飞驰，飘飞的帘外，隐约可见行色匆匆的百姓。

一切都与宣颂恩离开前并无区别，我忍不住问车夫："城外的叛军如何了？"

车夫笑道：“您说笑了，那都是老皇历了，老早就被镇压下去了。那些维新派整日不做好事，还妄想推翻天朝，各个都被推出午门斩首了。”

那宣颂恩呢？

我脸色猛地变得苍白，自马车上下来时差点跌倒，还好打斜里伸出一只手，稳稳地扶住了我。

又是熟悉的清雅气息，我却不敢抬起眼睛，只盯着那只手腕死死地看。

那腕子很细，远比之前要瘦削得多，可腕子的主人却笑道：“怎么，不认得我了？”

我这才看向了她，灼灼日光中，宣颂恩含笑站在那里。

城外的海棠花开了，三百里海棠花花海一望无际，她站在那里，眉眼皆是鸦羽般的黑，唯有肌肤，白得几近透明。

“你回来了？”

“是啊，我回来了。”她像是笑了，却又叹息着说，“嫂嫂，我失败了。”

我只问她：“朝廷没有抓你吗？”

“你现在去城外，还能瞧见抓我的悬赏通告挂在那里。”

"那你还敢回来？"

她终于忍不住笑了："我不回来，又如何为你庆祝生辰？"

我诧异地望向她，她却已经牵起了我的手："跟我来。"

人生第一次，我不问来路，不问归途，只跟在她的身旁，似是这世上再没有比这更要紧的事。

穿过无数盛放的海棠花，我们终于停下步子。

花枝绊住我的衣袖，沾了满袖的花瓣，她轻轻替我拂去，含笑对我说："你一定没来过这个地方。"

我这才发现，我们竟然已经到了山的最高处。自这里向下望去，百里皇城安静遥远，仿若尘世已是前生。

她又问我："你这些日子过得好不好？我瞧你瘦了许多。"

其实她也瘦了许多，原本便清癯的面孔，越发显出一种锋利的弧度。我刚要问她，她却止住了我："你瞧那边。"

天色已经渐渐暗了下去，日与夜相交成一片绯色的涟漪。第一点光亮起来时，我还以为是星尘明灭，可当一颗颗明艳的星星自山脚缓缓悬起，我这才知道，那竟是一盏盏孔明灯。

日暮西沉，人间黯淡，唯有灯如星，摇曳满天。同一时刻，皇城内燃起一线不灭的灯火，如同龙脊，蜿蜒至目力不可及之处。我忍不住屏住呼吸，望着那一盏盏孔明灯自我面前飘过，然后越升越高。

宣颂恩忽然向前走了几步，站在崖边。我吓了一跳，连忙上前拉住她。她笑了一声，抬手拉下一盏灯来：“放心，我不是要跳下去。”

我有些讪讪：“我只是怕你站不稳。”

“你瞧，这上面我都写了东西。”

她将灯递到我的面前，里面燃着的烛火晃在我的面上，微微有些发烫。我看她在上面写了一句：千年万岁，莫失莫忘。

手一抖，灯中的烛歪了，整个灯都燃了起来。

她连忙拉过我：“烫到了吗？”

我摇了摇头。

“这里没有郡主了，我如今没有姓，唯有名。”她望着我，目光灼灼。

“我在朝中联合了维新志士，想要改变这个腐朽的朝堂，却到底失败了。嫂嫂，那时我以为我会死，心里却只想着，我要失信于你了。”

她眼里闪着光，灿如星斗。我再不能置若罔闻，望着她苍白的面孔，忽然鼻子一酸：“值得吗？”

为了一个飘忽的志向，叛家叛国，明明生来锦衣玉食，如今却连姓氏都不能提起。

可她说："值得。我想过千百次，我为何要为那些我连面都未曾见过的人抗争。在朝廷眼中，他们不过蝼蚁，只是若连我这样的人都不肯振臂一呼，那些蝼蚁又该如何苟活？"

"菟儿，我不说那些虚妄的假话，"她沉声说，"我要你再不必为权势伏低做小，我要你如我一般，也有选择的权利，我要你……自由自在地度过这一世的光阴。"

无数孔明灯已经升至最高空，如同折子戏唱至最高亢之处。我一时之间想到了很多事，想到小时候，兄长弟弟们每日要去学堂，我却只能默默地看着；想到爹爹有一日忽然醉醺醺回来告知我说，替我定了一门亲事。

这一生，我从未有过一刻，知晓自由的滋味。可我最后还是说："我宁可不要那些快乐。颂恩，你同我一道回去好吗？"

她犯的，是杀头的大罪，能活到今日，也不过是因为姓宣，可若是一意孤行下去……

我不敢想，只能哀哀地看着她，却望见她身后，燃至尽头的花灯失了光彩，自云霄坠落红尘。

可她只是轻轻地笑了。

她像是想要抱我，却没有伸出手来，只是眷恋地凝视着我，柔声说：“菟儿，生辰快乐。往后年年岁岁，你要一直记得我。”

她那样说，我便知道，我改变不了她的心意——若她会轻易改变，那她便不是宣颂恩了。

不知宣颂恩同宣小王爷说了什么，回府之后，我被放了出来。我的屋子成了冷宫，宣小王爷另娶了娇妾，府中张灯结彩。庆贺侧福晋有喜时，宣颂恩寄来了第一封信。

信上说她已经到了东瀛，又写了一路的见闻。后来她到哪里，信里的内容就写到哪里，我读了信，像是跟她一起见过了这世上的大好风景。

而每一封信后，都写了同样八个字：千年万岁，莫失莫忘。

我将信小心翼翼地放入匣中，好好藏起，只敢在夜深时拿出来，一字一句地反复诵读。

我收到宣颂恩的最后一封信，是在几年后的一个冬日。

那时京中刚刚入冬，朝中维新派的势力越来越大。恰逢那年冬日冷得出奇，不少灾民都冻死在了街头。一时之间，民怨沸腾，维新派趁机发难，朝中遗老们个个焦头烂额。

拆宣颂恩的信时，我心情不错，连丫鬟都调侃我说："小姐一收到郡主的信，便心花怒放似的。"

外面忽然传来喧闹声，宣小王爷步履匆匆，吩咐下人将门关紧，不许任何人出入。看到我时，他眉头一皱："尤其是福晋，决不许她出去！"

我有些茫然，可小王爷却没有向我解释的意思。那一晚京中宵禁来得格外早，连续三天街上都空无一人。我将压箱底的一只玉环舍了出去，这才换来一点消息——

紫禁城中的天子被人刺杀，刺杀者，正是宣颂恩。

刺杀未成，她被当场擒住，皇帝震怒，要将她凌迟处死。

关于那时候的记忆后来总显得模糊，我只记得自己闻讯便向外跑去。等宣小王爷将我拦下时，我连鞋都跑丢了一只，只是哀求宣小王爷："让我去见她一面。"

宣小王爷脸色铁青地给了我一耳光："放肆！"

我感觉不到痛，跪在他面前，向着他重重叩首："只是一面就好，王爷，你我夫妻十数年，这是我第一次求您。”

他不语，我便一下一下地磕下去。血沿着额头向下蜿蜒，他终于长叹一声：“颂恩不是给你寄了封信吗？打开看看吧。”

我颤抖着撕开了信，信写得不长，只寥寥数语，上面写道：“我此次回京，是为做一件大事。成功抑或失败，都不甚重要，要紧的是，要让天下人知道，我泱泱华夏仍有傲骨存留。我欲开天辟地，如今粉身碎骨，亦不畏惧。

“只是菟儿，我唯负你良多。若我行刑，莫来见我。我只愿在你心中，永远月明风清，不坠尘埃。”

眼泪混着血，一道滴落在薄薄的信纸上，字被打湿了，仿若杜鹃啼血。

我听宣小王爷说：“收拾一下，我送你走。”

丫鬟诧异道：“走？你要送我家小姐去哪儿？”

“去英吉利。”我茫然地抬起眼睛，隔着冥冥的雾霭同赤红的光阴，听到宣小王爷惨笑一声，“我的妹妹要死了，临死前求我将你送走，送你去看一看她当初曾看过的风景。”

哪里来的一阵风，将我手中那单薄的纸卷着飞上了长空。

她说要赠我自由，说要我同她一样，有选择的权利。

她从不曾负我，她只是，再也不会回来了。

我忽然轻轻笑了：“原来高僧是对的，我果然是轻薄桃花逐流水的命格。”

我做桃花，君为流水。只是桃花开谢千遍万遍，她再也看不到了。

丫鬟惊呼一声，连宣小王爷都悚然变色，我呛咳出一口热血，只是在想——宣颂恩，原来你要我这样，一生都记住你。

## 九

宣颂恩行刑那日，京中下了百年难遇的大雪。

白雪皑皑，银装素裹，我被宣小王爷送到了码头。洋人的渡轮停在那里，半个时辰后将扬帆启程。

大雪封了百里皇城，似是满城尽披缟素。我登上船时，有洋人来看我的船票，忽然笑道：“这是宣小姐买的舱位。她说要为她珍贵的人准备一场天下最快乐的旅程，原来竟是你这位美丽的小姐。”

我应了一声，身后宣小王爷忽然喊我：“乔菟。”

我回首，听他说："我妹妹这辈子肆意任性，可唯独对你一片赤诚。往后……往后请你，莫要忘了她。"

要如何忘了她？

我不敢去想，也不能去想，只要想起她正在与我咫尺的地方，我却连最后一面都不能见她，心便也似被凌迟了。

这痛楚，必将伴我往后余生。

洋人领着我往船舱走去，突然惊呼一声："那是什么？"

我下意识地抬首，便见远方天幕，大雪中，一朵朵白日焰火凌空而起。我怔怔地望着满城的烟火，忽地想到那一年的山巅，她捧着明灯的样子。

沉默的是与天一色的海，卷起的是彻夜难眠的风。

往后隔着八千树梅花，三万里长风，明灭的烟火伴我行遍山川。

这是宣颂恩为自己选定的一生，也是她赠予我的一生。

起伏的烟火、浩大的风雪相送。

我合目，终于泪如雨下。

# 琼花盼佳期

文／钢均

不识杨柳意，
翘首盼佳期。

女扮男装假太子

&

天降系真公主

曾在很长一段时间内，琼章都分不清，瑶期究竟是自己的姐姐还是妹妹。

若论齿序，瑶期大他两岁，合该被他尊称一声王姐。可犹记得那年郑国风雪摧城，父王骑在马上，衣衫单薄，却将怀中的女孩裹得严严实实，向琼章介绍道：“这是瑶期，是寡人流落在外的女儿。从今往后，你要照顾、保护好她。”这又像是对待妹妹才有的交代。

琼章不敢臧否，垂首应下。女孩大约在睡觉，闻言嘤咛一声醒来，从狐裘兜帽里现出一张无瑕的小脸，灿若流霞。琼章看得呼吸一滞，而父王也在低头看瑶期，眼底流露出的是身为太子的琼章都不曾蒙幸的温柔。

郑王不近女色，这么多年膝下也只有琼章一个孩子。嫔妃们多年未被召幸，本就怀怨在心，一日跑到王后跟前又哭又闹："什么公主啊，就是个狐狸精生出来的小狐狸精！"

郑王后端庄微笑，耐心倾听。可当琼章走至母后身旁，才看清她的十指深深掐进座椅扶手，血迹漫出来仿若蔻丹。

不过琼章还未来得及说什么，王后便抹干眼泪，问起他的功课、骑射，一一问完才满意道："很好。但是记着，光是这样并没有用，必须要让你父王知道，你同他一样好。"

王后在马背上长大，不让须眉，更不屑争宠。但在瑶期出现之后，她却迫不及待地将独子推到前边。郑国虽无女子即位的前例，但凭郑王对瑶期出格的偏爱，王后已然有了危机感。

为了四面楚歌的母后，琼章不得不频繁献宝于父王面前。下了太学，他又去冰天雪地的演武场练了三百发箭，胳膊酸到抬不起来，指腹都被冻僵磨破了。当他踏进父王的起居殿内，却听到了一声清脆的笑。

殿内地龙烧得正旺，梨香袭人。郑国地处寒冷贫瘠的边陲，国风戒奢，就算太子琼章也从不被允许穿厚衣、烧暖炉，可到了瑶期这儿，父王却一再破例。

瑶期坐于父王膝头，烛光点染着她的鼻尖，仿佛稀世宝珠。父王正握着她的手临字，额间渗出薄汗也无暇抹去：“皎皎，你瞧。瑶华的瑶，佳期的期，你的大名用郑国文字应当这么写。”

皎皎，明月何皎皎，原来瑶期还有一个婉转的小名。琼章低头反复默念，心中惶然。他从未体会过父王这样耐心的躬亲抚育，不由得咬紧牙关，心也跟着发疼。

不知过了多久，父王总算注意到了琼章，抬头时语气淡淡的：“来了？”顿了顿，他忽然想起什么似的，“来得正好。”

琼章瞳孔一亮，以为父王有要事与他相商，谁知父王说的却是：“瑶期对郑国的一切尚不熟悉，明日起你带她一同出入太学。要记着，莫让她受半点欺负，知道吗？”

记着，要记着，母后这么说，父王也这么说。可是，凭什么？

凭什么瑶期就可以娇养如同真正的金枝玉叶，他却像个苦大仇深、名不副实的假太子。

他侧首看向瑶期，眼中无光无热也无情。瑶期似乎已经端详他许久，不可能看不出他的嫉恨，可二人目光交接，她竟缓缓绽出一个笑来，那样子仿佛冰消雪融，梨树花开。

他在她身上看到了北国不曾见过的春天。

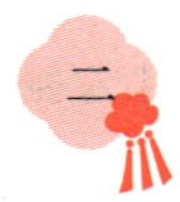

饶是再不受郑王待见，琼章也是正统嫡出的太子，前前后后多少臣下和世家捧着，他想要欺负瑶期，简直轻而易举。

太学便是最好的试炼场，根本无须琼章说些什么，世家子弟们就已读懂他的眼色，纷纷挤蹭到瑶期身边。

“你是从南边的郗国来的？都说郗国以阴柔为美，女子也可以称王，成何体统？”

郑国和郗国不和由来已久，子民互相仇视。众人一听，愈发来劲：“南人真娇贵啊，竟然要穿这么多衣服。”

“听说你们那里的男子也如女子一般细皮嫩肉，涂脂抹粉，是不是就像你这样？”

瑶期在流言蜚语中始终正襟危坐，不卑不亢。琼章恨她明明流落在外却有着高人一等的态度，更恨她接下来每句话都戳痛自己的脊梁骨。

“郗国温暖富庶，以文教治天下。诸位长在苦寒之地，不通文教，你们就算涂脂抹粉，也是沐猴而冠。”

那些人知道这不是什么好话，正要发作，却被琼章拦下。他虽仇视对方，却晓得分寸。而瑶期怡然自得地望向他，盈盈施了一礼。

此后琼章几乎是泡在书堆里。宫人都道太子有孝心，为了王后不惜悬梁刺股。可只有琼章自己心里清楚，他更多的是不服气，是想尽一切努力杀死心里那个触不到的“春天”，无奈岁岁年年春自来。

“你在这一页停留两炷香了，是有什么不解之处吗？”

闻其声，琼章就知道是谁。他将指节挪移后，便露出书页上的那句诗——忽如一夜春风来，千树万树梨花开。

琼章讥诮地撇嘴：“文人最爱歪曲事实，明明是北风飞雪，偏要说成梨树花开。”

“我想大抵是人纵使身处严寒，也永远在渴盼温暖。”

琼章心头大震，偏生不肯承认：“别以为你了解孤。”

瑶期眨了眨眼，倒是笑起来：“咦？我没有指名道姓，你怎么对号入座啦？”

他忽然间烦闷得不得了：“走开，你身上的梨花熏香味太重了，难闻得很。”

这股气一直憋闷难解，某天，琼章下学后又步履匆匆地赶去演武场，世家子弟知他胸中块垒无处发泄，没一个敢跟上去触霉头。因而当琼章绕遍演武场后蓦然回首，身后只有瑶期。

她晃着手上的锦囊，两道秀眉微挑："在找这个？"

琼章目光不善，警惕地盯着她。

"不怪你如此紧张。这般私密的物件要是被旁人捡去，少不得打趣太子你心有所属，逼问是哪家闺秀送给你的。"瑶期走近了，衣袂上的梨花香熏得琼章脑海一片混乱。可瑶期浑然不觉，贴在他耳边又说，"但我知道，你紧张的不是这个。你真正害怕的是被人发现，这锦囊其实是你自己绣的。"

琼章大惊，劈手就要去抢。瑶期灵巧地避过，眼睛弯弯似柳月，笑容明媚："都是姑娘家，绣个锦囊罢了，有什么好怕羞的呀！"

郑国的太子原是个女儿身——这样天大的秘密，琼章一直小心翼翼地藏着，也不知如何被瑶期洞察了。

琼章沉声警告："你是在威胁我？"

瑶期却一点儿也不怕，歪头思考的姿态天真又矜贵："如果你觉得是，那就是吧。"

"好，很好！"琼章气极反笑。

可她什么阴谋诡计没见过？要是因这三言两语慌了阵脚，就枉为一国储君。

于是她冷静下来，一字一句地将瑶期的威胁推了回去："与其想方设法把我推下太子之位，你不如先好好想一想，如何掩盖你并非父王亲生的事实吧！”

瑶期并非郑王骨血，她的生母冯氏曾是郑王至爱的恋人，可外戚却逼迫郑王迎娶琼章的母亲，迫使冯氏流亡他乡。一个以美貌闻名于诸侯国的女子，后来发生的事可想而知。

但郑王并不在乎瑶期的父亲是谁，哪怕她生父是乞丐，都不妨碍郑王爱屋及乌。

如今瑶期被册封为郑国的长公主，极尽荣宠。据说冯氏也被郑王收于别苑，金屋藏娇。

人人都预感王后母子地位不保。

好在琼章不傻，一个不受宠的太子，沉默无争的表象下是天然的恐惧、焦虑和手段，因此瑶期的身世才逃不过她的眼线的调查。而为了探听冯氏的虚实，琼章也利用耳目打通了别苑的关卡，扮作宫人潜入其中。

别苑建造得富丽繁华，连王宫都无法比拟，里面气候温暖宜人，在郑国难以存活的梨花竟然被栽了满园。

琼章刚跨进二门，就听到了一家三口的谈笑声。

“一家三口”——这美好的字眼把琼章切割得四分五裂。来之前滔天的恨意又被激化了，她扯下柳枝花蔓，朝梨花缤纷的高墙深处望过去，果真看到了传闻中的冯氏，美得像一阕诗。瑶期则是缩小版的她，是跟在诗句下方的注脚。父王则心满意足地坐在一旁，静静地观赏着不属于他的诗篇。

琼章一时间也看得怔住了。原来在极致的美丽面前，个人的爱恨是那样渺小。

瑶期忽然睁大了眼，似乎是发现了什么。

琼章惊得连退几步，踩碎了堆积如雪的花瓣，香气愈发馥郁。她慌不择路地逃跑，却还是被追上来的瑶期撞了个正着。

今夜琼章特意乔装打扮，梳灵髻，点绛唇，连郑王都没发现，瑶期却一眼认出来了。她悠闲地打量完琼章，竟抽出鬓上的步摇，插进了琼章的发间：“瞧，多好看呀。让我猜猜，你该不会是平生第一次做女儿装扮吧？”

琼章低头不语，算是默认。

瑶期没见过她如此窘迫，便存了玩心逗她："不是说讨厌梨花香吗？方才你在庭院里站了很久吧？也没见你怎样。所以琼章，你到底在怕什么？"

琼章生硬地撇过脸："不关你的事。"

瑶期却当作没听见："而且上次那个锦囊，你绣的也分明是梨花，琼章，其实你……你的针法不对，花叶的过渡色要用戗针才行，要不要我教你？"

"不劳大驾。"

"还有，梨花在诗词里代表分离，不是个好寓意呢，下次我绣一个旁的送你……"

琼章忍无可忍地推开瑶期，离开时心跳得比脚步更快。她都不敢多想，自己今夜的失态究竟是该归咎于恨不得，还是爱不能。

回到宫中，琼章推开虚掩的东宫殿门，猛然受了一惊："母后！"喊完又仓促低头，仿佛做贼心虚。

"去别苑了？"

"是。"

"那个女人……是不是很美？"

无论王后问的是冯氏还是瑶期，答案都是一样的。

琼章俯首再答："是。"

王后意味不明地笑了一声，从榻上缓缓站起来走下台阶，居高临下地钩起琼章的下巴，眼神像是不认识自己的女儿。下一刻，王后就反手给了琼章一巴掌："混账！莫非你和那个小狐狸精挨得太近，也学会了下流做派。"

琼章立刻跪下："儿臣不敢。"

"别以为我不知道，你偷偷在房里藏了绣针和胭脂，那是你能肖想的东西吗？"王后疯了一样地抹花了琼章脸上的妆，半晌又呆住，最后却掩面痛哭起来，"如今有多少人的身家性命都牵系在你身上啊，可你竟然……"

"是儿臣错了。母后，您别哭，以后儿臣定会离她远远的。"

"你发誓。"

"我发誓。"

"若你食言，你将永失所爱，一生难安。"

"母后?!"

"说！"

"儿臣……儿臣发誓。"

从此以后，无论瑶期怎么搭话亲近，琼章都只是屏气凝神，一概不理。

无奈瑶期实在太耀眼了，她单是水佩风裳地坐在那儿，就足以让人心神不宁，琼章仅仅做到视而不见就已经竭尽了全力。又因瑶期自小在郑国长大，精通文史，郑国人虽然嘴上不屑，但这种书卷气对他们的吸引力却是致命的。

再后来，就连太学里的太傅都不时要向瑶期请教，他们在郑王面前说尽了瑶期的好话。天长日久，世家子女也一改从前的敌视，态度变得暧昧不明起来。

而在这期间，左仆射家的公子萧奉颐成了新变数。

左仆射主管军事，萧奉颐不辱家门，乃是王都骑射的个中好手。琼章自幼要强，与他针尖对麦芒。偏偏左仆射背靠王后家族，因此，即便琼章偶尔败下阵来，也并不会计较得失，和萧奉颐始终保持着井水不犯河水的距离。

可萧奉颐越来越频繁地在太学里和瑶期探讨经书，指节拨动书卷里的青缥像是抚弄女子的芳心。演武场上他又坐在高头大马上，身前载着瑶期，仿佛耀武扬威。

琼章终于感受到了冒犯。

但她碍于身份，性子又孤傲，很多话不便直说。更何况她已经答应了母后，要离瑶期远远的。

然而这日在演武场，远远地有一支羽箭凌空而至，箭镞擦过琼章瘦狭的颧骨，钉在她耳侧的箭靶上。瑶期的声音也随之飘进琼章耳中："奉颐，你的准头不错呢。"

真是树欲静而风不止，她不去招惹瑶期，瑶期却踩到了自己头上。

萧奉颐拱手："公主谬赞。"

"都说了多少遍了，不必称我公主，唤我皎皎就可以。"

"微臣不敢。"

"萧将军真不愧是少年英才……我瞧着有些人谁都不理睬，成天就知道一味苦练，到底不如你禀赋过人。"

他们一唱一和，色授魂与，却都不约而同地注视着琼章。一个鲜衣怒马的少年将军，一个明眸善睐的金枝玉叶，琼章被他们衬得像是多余的局外人。她冷冷一笑，浑不在意地拂袖离去。

然而隔日琼章就穿骑装，扎高马尾，将萧奉颐拦在宫门前。即便脸上搽了黄粉，她的眉目间仍有一股秀气又飒爽的坚毅，她就势一指背在身后的弓箭：“再比一场？”

萧奉颐愣了片晌，而后作揖道：“是。”

驭马于九十九步开外，九十九发羽箭正中红心方能计数。这原不算难，琼章却将比赛场地选在了高山之上，简直像在拿命来赌气。

直到射出最后一箭之前，他俩仍打成平手。谁知琼章的玉龙驹忽然发起狂来，抬高前蹄长嘶不止，直朝百仞之渊狂奔而去。琼章慌了神，危如累卵之际，萧奉颐足点马鞍，腾身一跃坐到了玉龙驹背上，一手搂紧琼章的腰，一手勒缰于悬崖前。

两个人背脊撞着胸膛，都喘得十分剧烈。琼章率先平复下来：“多谢萧将军了。”

不知怎么回事，萧奉颐不语不动，琼章提醒他：“将军，你可以松手了。”

对方反而收紧了手臂，琼章愣住：“你……”

“太危险了，殿下，有人要害你。殿下，我没办法放手。”

这样亲密的姿态，什么男女大防都不存在了。琼章扭头看向少年赤诚的目光，忽而了然对方或许早已知道自己是个女子。好在左仆射站在了太子一方，利益相关，萧奉颐定然不会抖搂出去。

她略微放心，这才问：“你什么时候知道的？”

“很早以前。”

“是孤露出什么破绽了吗？”

萧奉颐摇头：“若你眼中只看得到那个人，自然什么都能看穿。就连发现她的破绽，都是弥足欢喜的。”

这样真挚的表白，琼章却不为所动：“原以为萧将军只会策马扬鞭，没想到说起情话来也得心应手。说起来，你不是一直在接近长公主吗？孤瞧着她对你也很是上心……怎么，你得到了公主还不知足，又来招惹孤？”

“从小到大我和你比试、斗气，无论输赢你都不曾多看我一眼。”萧奉颐不禁苦笑，“我若是不去接近她，你又怎会注意到我？”

## 五

发狂的玉龙驹由琼章亲手养大，向来温驯，绝不可能无故发狂。事后，当她宽衣解带时，一个梨花锦囊顺势掉出。琼章心细多疑，解开锦囊拣出其中的香草，一并交去了太医院。

太医很快告知琼章："锦囊中有天仙藤、半夏、蛇床子，如以酒醋浸之，佩戴之人起初不觉有异，久之则足以使人神丧智昏，包括牲畜。"

"郑国多高山，天仙藤倒是多生于苦寒之地，然而这半夏和蛇床子是从何处而来？"

琼章是在明知故问，这个锦囊自始至终只落到过瑶期手里。但她就是执拗地想从太医这里得到反证，从而撇清瑶期的嫌疑。

"殿下，南方随处可见，比如……郛国。"

琼章五指发力，捏皱了锦囊，仿佛要把自己那颗妄想的心也握碎似的。太医战战兢兢地唤她："殿下，殿下！"

"无妨。"她摇摇头，"有劳太医帮忙找出了让人昏头的东西，孤彻底清醒了。"

摆在琼章面前的除了阴谋，还有父王越发捉摸不定的态度。那日琼章请安之前又遇瑶期，她正眼都不肯瞧对方一下，谁知瑶期还敢开口问："听说你的玉龙驹前几日发了性，没有伤到你吧？"

瑶期眼中的关切那么真，但琼章想起母后曾说过，她和她母亲冯氏一样最会狐媚人。

"孤没有死，长公主是不是很失望？"

"你在说什么？"

“多亏萧将军，是他救下了孤。”报复的计划雏形在胸中形成，琼章故意激怒她，“别在他身上用心了，他喜欢的人不是你。他日我若有幸与萧将军完婚，定请你喝杯喜酒。”

瑶期一愣，脸色霎时苍白。此后她把自己关在房里，数日不饮不食。郑王极为挂怀，细问之后才知太子是始作俑者，少不得将琼章拎到跟前狠狠发作一顿。

琼章垂眼漫听，无动于衷的态度无异于给郑王火上浇油。堂堂一国之君，此刻却痛心得像个无助的父亲：“皎皎病了，生病了，你知不知道？寡人让你照顾她、保护她，结果你竟然欺负她！”

在琼章的记忆里，无论她是受伤还是生病，父王都不曾过问。一个女孩扮成男孩有多不容易，有多少次她差点就露馅送了命。

“生病怎么了？偏她总是那么娇气。而且为什么我要护着她？她是儿臣的王姐，又不是王妹，该由她来护着儿臣才对。”

这是琼章第一次忤逆父王。郑王看着自己唯一的骨血，眼中却没有温情。琼章此时的态度使他再度想起被外戚摆布的过去：“好啊！太子长大了，要教寡人做事了？”

“父王的心长偏了，”琼章抬起头，眼底满满当当全是埋怨，“确实需要人教上一教。”

郑王随手就将桌上的镇纸扔过去，硬物擦过琼章的额角留下了大片淤紫，可她一声不吭。其后郑王又以御前无状为由，将琼章软禁于东宫。短短两个月内，太子的亲信、幕僚也纷纷调离左迁。这个处分昭告了郑王的态度，他多出来的那个女儿瑶期，已然深深撼动了太子岌岌可危的地位。

隔岸观火的王后再也坐不住了，在幽闭的东宫殿门前，她竭力维持的威仪在看到郑王之后全线崩溃，声泪俱下地请求见琼章一面。

“太子年少不懂事，出言顶撞了王上，但绝无僭越之意。”

郑王虚扶王后，叹气道：“琼章到底是寡人的亲生骨肉，何况这些年让她一个姑娘家女扮男装，诸多委屈寡人也看在眼里。”

王后尚未来得及喜笑颜开，表情便僵在脸上：“王上此话何意？”

“时过境迁，寡人意欲昭告琼章的身份，恢复她的公主之位，王后意下如何？”

郑王这一招以退为进，先用借口打压太子，逼得王后一族不得不低头，再拿这个条件换回琼章的自由。

殿门紧闭，但琼章一字不落地听到了。她坐在昏暗的光束中央，缓缓露出一抹阴郁的笑。

父王绝情到要将自己安身立命的秘密公布出去，不过是为了给瑶期即位铺平道路。但父王这么做，却使得自己从前和瑶期利用秘密制衡彼此的天平彻底倾斜了。

如果琼章没有软肋，她就什么都不怕了。

琼章重重推开殿门，天光漏下一寸，昔日的太子被发跣足，像个无家可归的小姑娘，纤秀，倔强，更有着破釜沉舟的勇气："母后不要答应。"

在郑王和王后震惊的目光之下，她无比镇定地笑了："除非，父王将瑶期并非亲生的秘密，也一并昭告天下。"

琼章知道自己说出的话会造成什么后果，但她没料到一切会来得这样快。

那天王后看似平静地回到中宫，可未过几日，琼章的舅父们就带兵围住王都，杀进了王宫大殿。

叛乱者横刀怒目，但还是恭敬地跪在郑王面前："请王上禅位于太子，并以祸国欺君之罪处死冯氏和长公主。”

郑王仿佛早有所料，举棋若定地叩了叩桌子：“寡人亏欠王后许多，原想着即便让瑶期继承了这王位，也要保住你们一族的荣华富贵。只可惜福祸无门，唯人自取。”

王后族人这时纷纷撤回殿内，原来他们的军队被埋伏在涵渠的王师包围，已经成了瓮中之鳖，只得投降受死。

对叛党的杀戮悄无声息，然而王师杀红了眼，逐渐变得疯狂、失控。郑王也感觉到了不对劲，皱眉站起来：“快住手，够了！”

可王师竟然不听指挥，袖管一抹染血的剑尖，最后稳稳指向了郑王的咽喉。

郑王大惊：“你?! 你们……”

“他们都是我的人。”

王师列队跪下，从中迤迤然走出一位美妇，赫然便是冯氏。瑶期跟在她身后，也是一脸的傲然与冷漠。

郑王一脸的不可置信：“我已答应册立皎皎为储，郑国的江山迟早都是你们母女的，何必这样着急？”

“我何曾同你说过，我想要的是郑国？”

郑王憬悟：“难道，皎皎的父亲……”

“不错，我夫君正是郗国的前太子。他给我们的女儿取名皎皎，就是要她记得，月是故乡明。如今郑国在手，我和皎皎自然可以夺回本属于她父王的一切。”

这实在讽刺，郑王赔上一切的爱情，原来是在给别人的爱情献祭。

王后和琼章也分别从中宫和东宫被押往王宫大殿。王后低头脱簪，跪在了那个多年来令她孤枕难眠的女人面前：“我愿以死换吾儿一条生路。”

琼章大惊失色，来之前她也打算这么说。

冯氏笑了：“行，我成全你。”

国君有国君的死法，国母亦然，要么毒酒，要么自缢，总不该伤了尊严。可郑国的王后是被人用弓弦活活勒死的。

琼章眼睁睁看着母后先是双目通红，然后喘息急促、仪态尽失地咽了气，其过程之漫长、苦痛不堪说。最后弓弦绷断，琼章的心也像被绷断，连声惨叫着，疯了一样要往刀上撞。

她怪自己起初就不该多看瑶期一眼，不该戒不掉女儿心思，更不该气不过去找萧奉颐比试，否则不会出现后头一连串的变故，葬送了母后一族的性命。

永失所爱，一生难安。她这一生还没好好开始，就已经应验了结局。

“杀了这个疯子。”冯氏指着琼章，淡淡吩咐道。她并不打算信守对王后的承诺。

瑶期却忽然开口了：“且慢。”她仍是初到郑国时的那副模样，高高在上，娇憨明媚。面对这样惊险的场面，她还能对着冯氏撒娇，“母亲，我要把琼章带到郗国去。”

“皎皎，不要任性。”

“你看她这个样子，就是一心求死，我凭什么要成全？就是因为她，在郑国的这些年我都过得不快活。也是因为她，我的心上人才不喜欢我。所以我一定要带她回郗国，让她也亲身体会什么叫月是故乡明，亲眼看到我和奉颐成亲，琴瑟甚笃。这不是比杀了她来得诛心百倍吗？”

禅位给长公主瑶期之后，郑王未过新岁便郁郁而终。

越二年，冯氏里应外合，发兵郗国。

郗国受内乱所困，在能征善战的郑国人面前很快败下阵来。可兼并郗国之后不久，冯氏便宣布定都于郗国，在法理上消灭了郑国的存在。她工于心计，眼界却不高，郑国遗民怨声载道，道路以目。

琼章被押送到郗国之后，起先与宫人同住，后来管事经冯氏授意，欺琼章痴傻，便将她发配去了罪奴营，什么脏活累活都砸在她身上，盼着她受尽折磨而死。

可琼章自小便吃尽常人吃不了的苦，硬是靠着一条不屈服的命撑到了瑶期大婚之日。

那夜月色极好，澄辉朗朗，琼章不用掌灯烛都能看清她的嫁衣之上梨花的绣线纹路，华美得有些颓丧。好奇怪，不是她自己说过梨花寓意不好吗？

“今夜寡人大婚，诚邀故人共饮。”瑶期从宫人手中取过酒盏，笑盈盈地递了过来。

这是她对琼章当初示威的最好回击。素手玉酿，良宵佳人，岂有拒绝之理？琼章接过来一饮而尽，太干脆，反倒让瑶期愣在那里。

“你想继续装傻下去，就应该把酒泼在我脸上。琼章，这不像你。”

“我想我是又昏了头吧。”

“什么？”

“没什么，这是你成亲的喜酒，我想喝，便喝了。”琼章低声说着，头发散了，她将步摇取下衔在唇间，正是从前瑶期插在她鬓边的那支——松松绾起一个低髻，令她的侧颜现出一种被苦难岁月洗练出的秀丽，“况且我知道，若不是因为你，我活不下来。”

她是这样恩怨分明。

月亮隐到了云后，四下雾蒙蒙的。

“快看，下雪了。”瑶期忽然叫出声，脸上也浮现出过往般的天真笑靥，“没想到郴国也会下雪。”

琼章不由得也跟着笑了：“我们都很奇怪对不对？我喜欢在北边赏梨花，你偏爱在南方看雪。”

瑶期想了想，问道：“我灭了你的国，还抢了你喜欢的人，你恨我吗？”

“恨啊，当然恨。从我看到你的第一眼开始就这样了，不是吗？”

“也对。那么琼章，永远别忘了恨我。别忘了我。”

来到郴国的前几年，旁人都说国君夫妇如何举案齐眉，情深意长。可每当琼章听到，心中都会萌生出报复似的快意。

因为萧奉颐总会在瑶期就寝之后偷偷跑出来，跑到自己身边，坚定地奉上自己的心：“殿下，我从未背叛你。总有一天，我们会一起回到郑国。”

此话绝非妄想。太后冯氏劳民伤财，不得民心，一并连累了瑶期。四方扰攘，北边的郑国遗民渐渐脱离了官府的控制。

第五年冬，冯氏暴毙于寝宫。

从前郑王为她建华宫，造地龙，可她还是染上一身寒疾。据传太医在她日常服用的药丸里验出了寒水石、芒硝等性寒矿物，这些东西郏国不常有，却在苦寒多山的郑国随处可见。

但不知为何，瑶期只是越格厚葬了母亲，勒令不准再追查下去。

琼章得以顺利地用冯氏当年在自己的锦囊里使过的伎俩，以牙还牙地替母后报了仇。

她早就明白，瑶期怎么会想要害死自己呢？但若不这么想，她便不能活。

若是不能恨，便只能爱了。

她是郑国王室唯一的血脉，身上担负的远远不止个人的爱恨。郑王败在了这一点上，冯氏也是。琼章从来不像父亲，瑶期或许也并非旁人所说的那样像她母亲。

否则琼章不可能实现后来的复国大计。

逃出郏国的那天，左仆射萧家的死士早已候在城门外。可当琼章来到接应点，死士们尽数偃伏于地，颈间架着刀刃。

披着狐裘的瑶期回过头来，缓缓摘下兜帽，容颜远胜初见。琼章憎恨过父王，却从未埋怨过他，毕竟在此等佳人跟前，谁都无法避免被蛊惑。

琼章痛恨自己事到如今还在走神，语气转为憎恶：“我当你真想放了我，原来只是欲擒故纵？”

“我只是来给你送行。”

“不劳大驾。”

“琼章，我放了你，你却连一句告别的话都不肯好好同我说吗？”

“就算你不放行，我也回得去。郏国现在民生凋敝，群敌环伺，你不如先好好想一想怎么保住自己吧？”

这句话，倒像是两个人最初针锋相对、相互威胁的时候了。瑶期敛眸，从袖中取出一个绣了柳叶的锦囊。

“给。还记得吗？从前我想教你绣花，但你不肯学，我只好自己做一个给你。”琼章的背一僵，瑶期不待她点头，径自将锦囊系在了她腰间，“那个，你知道这个柳叶锦囊是什……”

琼章不耐烦地打断她：“怎么，难道这次你又在里头放了什么毒草吗？但很可惜，我不会再昏头了。”

瑶期微微讶异，可最后她也只是深深地看着琼章，释然一笑。

“没什么。别了琼章，好走。”

琼章回到故地之后昭告了自己的身份，郑国人早已从郑王为了女人丧国的教训中幡然醒悟，对此全不介意，反而更加忠心地支持这位女君复辟。

郑国上下万民同裳，其势则如火之燎原，不可向迩。郗国虽富，却形于外而失于内，逐渐变得不堪一击。

萧奉颐率铁骑攻入郗国国都，是在琼章离开郗国五年之后。五年复五年，十年风水轮流转，两国再次合并，而这次不复存在的国家换作了郗国。

骑兵的长矛指向郗国王宫正殿，便不再向前。萧奉颐叩问坐镇后方的琼章如何处置，措辞斟酌了许久："王上，能否……能否放了她？"

琼章冷冷清清地坐在帅帐里，闻言，很奇怪地歪头问："放了她？萧将军，莫非你对她还存有旧情？"

"王上，您明知道我……当初是她在冯太后面前保下了您，在郗国的那五年，若非她默许，我也无法去到您的身边。"

"这不构成我放了她的理由。"

琼章继位以来一直宽容驭下，所以才有了如今的民心所归。萧奉颐无法理解她此刻强硬决绝的态度："王上，望您顾念手足亲情，不管怎么说，她过去也曾是您的王……"

"她才不是我的王姐或王妹，她是我最恨最恨的人。自从她出现，什么都变了，母后日夜垂泪，父王所有的爱也都倾注到她身上，凭什么，凭什么？"

"王上，您的境遇，您的委屈，我一直知道。"

"不，你不知道，如果仅仅只是父王爱她，那就罢了！可我也……"

琼章话音一顿，萧奉颐也愣住了。

这样无边无际的沉默，比帐外的千军万马还要惊心动魄。

奉颐目光灰败，像是一切从头明白过来，苦涩地开口问："那王上打算如何处置她？您灭了郗国，她作为国君，怕是要身殉。"

"怎么可能？她那么娇气，从小便受不得一丁点儿委屈，绣针戳破手指都要闹得惊天动地。"琼章说这话时语速很快，也不知是要说服谁，她整顿情绪，但话音依旧在抖，"我……我不会杀她，但也不会再见她。我会把她接回郑国，别苑的梨花开了……"

帐外骤然起了骚动，琼章急匆匆地掀开帐幔，入目却是远处郗国王宫的滔天大火。

她想错了。

国君有国君的死法，不容人折辱，何况瑶期那样骄傲。她宁可烧成灰散于天地以谢郗国子民，也不愿留在琼章身边俯首认输。就像琼章一样。

她们是那么相似，所以才容不下对方，忘不掉彼此。两个人纠缠了一世，爱和恨一样深，终究是无法共存，无法释怀。

死去的人笑着死去了，而活着的人只是呆呆地看着，望着，张了张嘴，却什么都说不出来。

琼章终其一生都没再进过那座开满梨花的别苑。

她渐渐老去，病痛伴随着梦魇缠住她，她学不会新的文教，也开始记不清事情。她好像总在等待某个人，某件事，却又明白那个人永远也不会来，那件事永远也不会发生。

某天，小宫女整理旧衣，拿着一个已经脱了线的柳叶锦囊问她如何处置。她想了很久，久到引起了小宫女的好奇：“王上，这是您从前绣的东西吗？”

“不是。寡人从小是当男孩儿来养的，碰不到胭脂和针线。”

“那一定是别人送您的了。”

“或许吧。”

“您瞧，这上头绣着柳叶。‘柳’通‘留’，送您锦囊的人，当初一定是希望您留下来呢。”

皎皎，皎皎，原来人生失意无南北。

她忽然从病榻上挣扎着起来，指着庭院问：“外头的梨树，是开……开花了吗？”

“王上，梨树在郑国活不成的。方才落了雪，覆在枯树枝头，这才把您给骗啦。”

她的春天再也不会到来了。

小宫女处理下一件旧衣前疑惑地抬起头，看到年迈的王上怔怔地落下一滴泪。

不识杨柳意，翘首盼佳期。

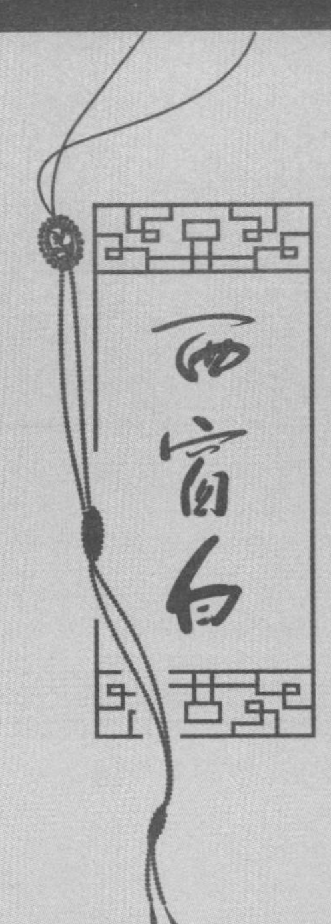

# 西窗白

文／卞蓝桥

满院丁香雪，
与梦俱明灭。

# 女帝 & 敌国县主

# 序

泰始元年，南晋败于北周，遣诸王世子入洛阳为质。

马车驶过阊阖门，韩绛掀开帘幔，往高高的宫墙顶望去，满眼好奇。

随驾的侍从策马趋近，低声提醒她于礼不合。

韩绛放下帘子，因车内昏暗，紧皱的眉便不加掩饰。她还穿不惯男子朝服，只觉皂色沉沉，压得她透不过气。

若非兄长韩晟是齐王府的独子，她才不会冒险代兄为质。

毕竟，北周女帝悉云朝初登太极殿，便以雷霆手段扫清障碍，颁布新政，又大肆练兵，大有踏破南晋的野心。质子们此行，想必凶险万分。

韩绛轻敲脸上的铜面具，叹了口气。

到了太极殿前，她镇定地上前见礼，跪了许久，都不见女帝叫起。

韩绛迟疑着抬眸，隔着几层白玉阶，恰对上悉云朝研判的眼神。

“韩晟？”悉云朝似笑非笑，“为何戴半张铜面具来朝？”

“臣天生貌丑，怕吓到陛下。”

悉云朝盯了她片刻，耐心告罄般挥挥手。韩绛松一口气，施礼退下。

谁料退朝后，她却被侍官留下，带到了西堂寝殿。

韩绛在屏风后立了许久，悉云朝才搁下批奏折的笔，起身走过来。她低着头，只看到对方的裙裾，雪青色的常服像极了建康城的丁香花，足尖近得几乎挨到了她的足尖，她屏息退了半步，脸上一空，面具已被悉云朝揭去。

“陛下——”

悉云朝定定地瞧着她疤痕交错的侧脸，半晌，大梦初醒般问道：“天生的？”

韩绛以手遮面，说：“是。”

悉云朝垂眸看着手中的铜面，指节因用力而泛白。是多久之前来着？或许也不过一两年的光景，那时韩绛的脸完好无损，捏在她掌中如雪如玉……

而初遇她那日，悉云朝也是这般，一袭雪青色襦裙，立在丁香花影中，踏风闯进她的十五岁……如今却都作前尘，被她尽数忘在了隔世。

## 一

韩绛及笄那日，正是初秋。

禅院中的丁香花落了满地，花影映在西窗。她坐在妆镜前，笨手笨脚地将长发绾成髻，却总不得其法，双臂举得酸痛了，发髻仍不成形。

恰有小僧来叩窗送饭，她将窗子一推，唤道：“肆休，你过来帮我梳头！”

肆休刚将漆盒搁在窗台上，脸腾地红到耳根，匆匆丢下一句“檀越莫要说笑”就落荒而逃了，留她一人松着乱发，满面愁容。

韩绛十岁那年被送入齐云寺礼佛，虽是齐王之女，却无人在意她“长乐县主”之尊。世人只知齐王韩亮视她为烫手的山芋，除了按月差人送来食邑，再没管过她的死活。

于是韩绛自做娃娃起便终日与僧人为伍，三餐食素，所居的一间禅房不过丈许，身旁更无女眷，只记得幼时母亲教她梳过垂髻，便一梳梳了十五年。

平素也就罢了，今日她及笄，偏要梳个十字髻才满意。

韩绛探身要提窗台的漆盒，一阵风吹拂过丁香枝，落花飘零，禅院正中一座大钟也跟着微微摇晃，却并无声音。

她迟疑着往下看，大钟后面，分明露出一双沾了泥的锦履。

是女子的凤头履。

齐云寺乃南晋国寺，不可能出现除她以外的女眷。这女子是……

下一刻，风声疾掠，一道雪青色的影子自她身侧跃进禅房，还顺手提走了她的漆盒——快得她只来得及转过身发出一个短促的音节：“你——”

冰凉的匕首贴着皮肉抵在她的颈上，那人还伸手关上了她身后的窗子。

韩绛屏住呼吸，迟缓地抬眸望去。

对方有一双极冷的眼，缀在雪玉似的脸上，盛容将倾，不怒自威。她想，这一身凌厉的气场，不像是个女子，可偏偏……又梳着她心心念念的十字髻。

那是她第一次认真凝视悉云朝的眼。此后，她与悉云朝有过无数次更深切的凝视，却唯独这一次，她是真正看清了悉云朝的脸。

“看到什么了？”悉云朝道，“敢说出去一个字，我就杀了你。”

韩绛抬起手指，反按住颈侧的刀背，笑了。

在她用力按下匕首之前，悉云朝瞳孔张大，猛地抽出了匕首。

“你疯了！”

颈侧被割破，韩绛疼得皱眉，用指腹擦去渗出的血珠，好心提醒：“还不走吗？”

马蹄声遥遥传来，应是追兵已到。悉云朝来不及回答，倾身捏住她的下颌，迫她张口吞下一颗药丸。

“钟内的东西我十日后来取，到时给你解药。”

说罢并指朝她警告地一点，扭身自东窗跃出，倏忽不见了人影，只剩那漆盒还稳稳地搁在她的妆台上。

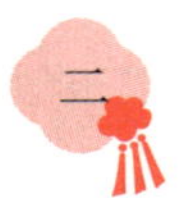


追兵来时韩绛已佯作睡下，肆休在房外阻拦未果。来人似乎身份贵

重，交谈间，隐约传来“北周细作”之类的字眼。

随即，脚步声自远及近，停在了屏风外。韩绛不由得屏息。

一个男声道：“刚刚有没有什么人来过？”

这人略去了称谓，姿态高高在上，除了齐王世子韩晟，不作他想。

韩绛想了想，揽起长发遮住颈侧的伤，赤足走出屏风。

禅房外的将士一愣，不约而同地垂下眼睑，唯独韩晟面无表情地看着她，仿佛不认得这个妹妹一般。

韩绛低眉顺目：“今日是妹妹及笄的日子，哥哥能来，我很欢喜。”

韩晟闻言，欲言又止地别开脸，似是厌恶她这般讨好的模样，竟不再追问，径自转身离开。

一时间，禅房外的人散了个干净，肆休踌躇半晌，忍不住道：“世子殿下是檀越的兄长，为何却如此待你？”

韩绛明白，肆休问的何止是今日，更是过去五年齐王府的冷漠以待。

她在坐榻上打开漆盒，摆好斋菜，眉眼不惊。

“你可听过太安之乱？”

十岁之前，韩绛并非齐王韩亮之女，也并非长乐县主。

她的生父楚王韩乂，而今已是无人敢提。

韩绛自幼便随父亲学习骑射，七岁那年，南晋幼帝继位，诸王夺权，父亲率先离开封地攻陷都城建康，成了一人之下的摄政王。

在韩绛的记忆中，踏破建康城门时，恰逢一场罕见的大雪。她与母亲坐在随军的马车里，掀开帘子，四下皆白，只有殷红缀在其间，犹如血梅。

她问母亲，我们为何要背井离乡来到建康?

母亲只蹙眉摸了摸她的头，略有隐忧地笑笑，并没有回答。

权力在韩乂手中停留了三年，就被齐王韩亮以“清君侧”的名义夺走了。

那夜，韩绛与母亲在梦中被人拖起，拉到雪地中示众。隆冬时节，她裹着单薄的寝衣，与母亲抱作一团取暖。冒着浓烟的火把映在眼底，灼得她直掉眼泪，不知几分是痛，几分是惊惧。

韩亮自黑压压的甲胄后缓步走来，俯身扼住她母亲的脖子，强迫她们看向远处角离宫的火光。

母亲抬起眼，发出声嘶力竭的哭喊。她不知何故，只是瑟缩地抓着母亲的手臂，低低地抽噎。

很多年后她才知道，父亲是被活活烧死在角离宫的那场大火中的。

母亲自尽于韩亮封王拜相那日。

清晨醒来，她习惯性地摸向身侧的手，却被冰得打了个寒战。起先只是恍惚，随后她扣住母亲的手腕，因用力过大以致在皮肤上掐出了青痕，指腹下的脉搏依然是一片死寂。

韩绛脱力似的松开手指，不敢看身侧的面容，跌跌撞撞推开房门，想要呼救，竟连声音都失却了。

看守的侍卫就在跟前，她状似疯癫地冲出来，侍卫连忙用剑鞘拦住她的去路。

韩绛无力地扑倒在廊下，头磕在鞘上也不觉得痛，迷迷糊糊地抬起眼，只见满树梨花，落英如雪。

像极了她初入建康那年，千重寒雪，满目皆白。

而今，竟已是春暖花开了。

母亲出身河东高门，骤然死在软禁她的院落中，不免引起士族讨伐。韩亮根基未稳，为了平息众怒，只得收养韩绛，并赐封她为长乐县主。没过多久，又宣布她天生有“佛缘”，将她扔到了齐云寺自生自灭。

韩绛心中清楚，她如今身在齐云寺，不过是换个地方被囚禁，韩亮的铡刀悬在头上，时刻有斩落的可能。

“肆休，其实我并非什么县主，不过是个将死之人罢了。”

她笑了笑，躲开小僧的注视，大口大口吃下斋饭，噎得喉头生疼——要么逃，要么死，这就是她韩绛的宿命。

那北周细作喂她的毒药，抵在她脖颈的利刃，她全不在乎。

只要这冗长的囚徒生涯里，能有一线转机。

再见悉云朝，是半个月后。

丁香花已落尽，悉云朝改成了男子装束，仍一袭雪青色衣衫，踏着月色叩开了她的窗子。

韩绛揽衣而起，见她大剌剌自窗台跃入，低声问："今日不怕有追兵？"

悉云朝不答，手中的药瓶一抛一落，倚在窗边眨也不眨地盯着她："你是齐王韩亮之女？"

韩绛道："算是。"

悉云朝扬眉，这句"算是"还真意味深长。

半月前，她奉命护"镇岳尚方"之剑回北周，路过齐云寺，不想竟有齐王的府兵在周围看守，这才惊动了负责追踪她的韩晟。

平白无故的，韩亮的人为何要守在齐云寺？这是监视谁？

她逃出后连夜命人去查，才得知，这寺中修行的“长乐县主”竟是楚王遗孤，与齐王有血海深仇，难怪被这般严密看守。

药瓶翻转着落回掌心，悉云朝倒出一粒解药递过去。韩绛要拿，她又缩回手。

“东西呢？”

她将镇岳尚方藏在大钟内壁，可入夜摸索了一番，剑已不在。罪魁祸首就在眼前，她思忖着是否要给对方一些颜色看看，想到那日小妮子撞上匕首的疯劲儿，有些迟疑。

这分明是个不怕死的。

果然，下一刻，韩绛坐在罗汉床上，慢条斯理地倒了一杯茶。

“剑可以给你，只要你带我离开齐云寺。”

悉云朝颇觉荒唐：“我可以杀了你。”

韩绛低眉啜茶，满脸无辜：“死人嘴里说不出镇岳尚方的下落。”

“丈许的禅房，你又出不了寺，能藏到哪儿去？”

韩绛抬眸，忽地望着她笑了，语带天真：“可你不会杀我呀。”初见面时，她已经试探过这细作的底线，用命赌了一把，所幸，她赌赢了，现在主动权握在她手里。

在袅袅茶香中，两人对峙良久。

悉云朝面如寒霜，几度似要将药瓶捏碎，可到底不愿在此横生枝节。最终，她冷笑一声，粗鲁地扣住韩绛的下颌，将药丸塞进去。

“剑呢？”

韩绛被呛了一下，咳嗽着吞下解药，意识到对方是答应了，展笑起身：“会有敲钟人来撞那钟，若磬音与以往不同，立刻就会发现。”她推开后门，指着草木遮掩下的一口废井，“这口井废了许多年，我用线把剑吊在里面了。”

悉云朝冷着脸凑到近前，果然寻到细线，于是将剑拽出。韩绛犹自得意：“怎么样？古有一掬胭脂沉碧甃，我这是一柄名剑沉碧甃……”

话音未落，腰间一紧，她竟被悉云朝单手横抱在身侧，肋下痛得说不出话来。

悉云朝也没给她说话的机会，就这么踏风飞上屋顶，轻车熟路地避开齐王的守卫，往后山去了。

凛风刮过脸，刺得韩绛眼眶发酸。

她眼睁睁瞧着齐云寺的塔尖越来越远，那处困了她五年多的禅房越来越小，一时恍惚，不知今夕何夕。

不多时，悉云朝在后山的台阶前落了地，毫不留情地将小妮子掼在地上，冷眼看着她滚了两滚，才用脚尖抵住她，免得她滚下台阶。

谁料这般磋磨，韩绛竟只是伏在地上，一声不吭，却也能看出她的肩背在微微颤抖。

悉云朝蹙眉，蹲身翻过她的身，不禁微微一愣。

小丫头眼眶通红，豆大的泪珠“吧嗒吧嗒”掉个没完。

“疼了？”

韩绛抿唇摇头，抬手蹭了蹭眼眶。

她只是想不到，五年间无数次偷跑失败，计划无数次泡汤，在这北周细作眼里，不过是轻飘飘踏过几层屋檐的工夫。

若父亲还在……如今她定也是轻功绝顶。

“好姐姐。”韩绛抹干了泪，又露出那副耍无赖的样子，牵住悉云朝的袖口，“你教我轻功吧！”

照悉云朝原本的打算，将韩绛扔在后山已是仁至义尽，教她轻功，简直异想天开。

她背好镇岳尚方，转身欲走，不料变故陡生。

利箭破空而来，无数次电光石火之间，她撤步捞起韩绛，下一支羽箭已擦着韩绛的后脑勺扎进地面。

怎会有杀手？

来不及细思，悉云朝拔出镇岳尚方，疾挡箭雨。

另一边竟有火光靠近，马蹄声嗒嗒而来，应是韩绛出逃时暴露了，引来了齐王的亲兵。

分明是两方人马在追杀，一明一暗。

铁骑已至，悉云朝飞身踢落马上一个亲兵，捞着韩绛坐在身前，双腿猛地一夹马腹，冲出重围。

草木急速在身侧掠过，韩绛克制不住地颤抖，只觉身后的人越发朝她压过来。

她偏过头要说话，肩头一重，是悉云朝的下巴磕了下来。

呼吸散在她颈侧，带了血腥气，韩绛神经紧绷，下意识地接管了御马的缰绳，任悉云朝靠着自己。

“你受伤了？”

断断续续的声音萦绕在韩绛耳鬓。

“你会……会骑马？一直跑，别……停。”

# 五

悉云朝昏迷了三日，醒来时，四下无人，唯有草庐漏风的棚顶呼呼作响。

她勉力坐起身，贯穿后肩的箭伤隐隐作痛，伸手一摸，竟已被包扎好了。

失去意识前她做了最坏的打算，无非是韩绛为了活命将她扔下，如今看来，竟没有。

悉云朝起身在草庐中转了一圈，外堂的炉上还熬着药，她闻了闻，白及、紫珠……凉血敛肌的药材，应是给她熬的。

走出院子，大门外溪水潺潺，远处人声熙攘，卖油的梆子腔传了很远，夹杂在卖炊饼的叫卖声中，她怔然立在这久违的烟火气里，心下莫名生出几分怅然。

韩绛就是这时候自拱桥那头出现的，先露出玉雪明丽的脸，随即露出一身粗布衣裙。她身后是云霞，抬头与悉云朝四目相对，难掩欣喜地奔过来，手中的药材晃荡着撞在悉云朝怀中。

“你……你怎么样？”

没来由地，悉云朝心口发紧，将药材接过，似受不住她灼灼的注视一般垂下了眼睑。

“死不了。”顿了顿，她又放低声音，“多谢你。”

韩绛怔了怔，展笑轻咳，罕见地露出一丝害羞。

“你伤还没好，进去说话。”

此处叫濡须坞，离建康不远，因为贫困，鲜有人至。草庐是游方大夫搭来落脚的，大夫离开后，此处就废弃了。

逃亡那晚，马儿一路疾驰，不知跑到了哪里。韩绛原是带着悉云朝来求医的，谁想竟阴差阳错落了脚。

韩绛熟练地将药炉吊起来放凉，再换口砂锅洗米熬粥，见悉云朝坐在榻边盯着自己，只当她是饿了，连忙将怀里揣着的炊饼递过去。

“刚买的，还热乎呢，险些忘了。”

悉云朝不接，没头没尾地说道：“你头发乱了。”

韩绛怔住，屋内没有铜镜，她无法自照，用手敛了敛身后的乱发，问：“还乱吗？”

“过来，我帮你梳。”

韩绛一下子高兴起来：“那我要梳个十字髻，像你那样的。”

到底还是个小丫头。悉云朝忍住笑意，等她靠坐过来后，轻轻拢住她的发。没有梳子，便用手指一下下地归拢。

有些痒，韩绛缩了缩脖子，慢慢闭上眼。这几日她为了给悉云朝凑药钱，当了身上所有物事儿，唯独不敢动那柄镇岳尚方。往返当铺的路途太远，她几乎将小小的濡须坞逛遍，怕悉云朝不醒，又怕醒了会立刻抛下她离去……算来，她竟一直没真正合过眼。

悉云朝梳好发髻，发现韩绛已靠在她怀里睡着了。

她皱了一下眉，手臂虚虚地拢着韩绛，很久很久都没有动作。

因处境寒酸，悉云朝的伤势恢复得极为缓慢。雪上加霜的是，她的讯筒湿得发不出任何讯号，无法联络到心腹。

为了谋生，她们不得已扮作私奔出来的夫妇，在草庐挂起游方大夫的招牌，像模像样开了张。悉云朝作男子装束，在草帘后行医、写药方，韩绛便在外堂抓药、送往迎来。

为防追兵随时出现，悉云朝在某夜将镇岳尚方沉入濡须坞一处寒潭底。韩绛不甚明白：“你不带它回北周了？”

悉云朝转过身，晚秋微雨沾衣，她的眉眼也裹上一层肃杀。

吊诡之事太多。那夜埋伏后山的杀手，出手像极了北周招式。如今她已不确定，护剑之事究竟是真是假。抑或是……宗室中有人假传消息，为的就是诱她来南晋，将她伏杀？

“时机未到。”悉云朝揽着韩绛，与她并肩往回走。

小丫头静默半晌，忽地问道：“若是时机到了，你会带我一起回去吗？”

悉云朝停住，低眸看她，习惯性地抬手捋开她额前的碎发，假装夫妇一段时日，做这般动作已不觉亲昵，只剩熟悉。

“既是小娘子，自然不能流落到外头。”

脱口而出之际，连她自己也辨不明是调侃还是真心。

初冬，濡须坞落了第一场雪，悉云朝终于等来心腹周继的救援。

起先只是在院中扫雪时察觉有人靠近，扣着匕首回过头，便与一身常服的青年打了个照面。

谁都没出声，两人一前一后走出院子，行到荒凉无人处，周继才召集亲兵现身，跪地请罪。

北周女子亦可为尊，同男子一样可袭世子之位。悉云朝虽是北周宗室世子，周继等人却唤她“主公”。

她没起来，一径沉默，直至周继在这沉默中心惊胆战，才问：“谁要杀我？”

周继等的就是这一问，连忙道出前因后果。

原来北周少帝病重，对外秘而不宣，暗地里却要从宗室之中择人继位。陈王一脉血统最正，悉云朝乃陈王嫡世子，又手掌北周暗网“三更”，自然成了最合适的人选。

可是，宗室中的人又岂能轻易让她登上太极殿？

她此前一心为宗室卖命，却遭此背刺，又如何能忍得。

悉云朝至夜未归，韩绛便一直坐在炉前等，药汤“咕嘟咕嘟”往外直冒热气，她却只是看着火出神。

下一刻，炉子被人提起，韩绛蓦然惊醒，话到嘴边又顿住。

悉云朝没看她：“怎么还不睡？”

明知故问。韩绛委屈，垂着眼不吭声，心下隐隐生出预感。果然，悉云朝道：“青峰山是个好地方，我自幼在山上随掌门林虑习武，你不是想学轻功吗？他可以……”

对上韩绛明澈的一双眼眸，悉云朝忽地说不下去了。

韩绛轻笑一声：“你反悔了？想赶我走？”

悉云朝竟不能应，侧身将火炉熄了，放下火钳子，只说："我是陈王世子。"

不用说下去，韩绛已懂了。带南晋县主归国，要一个北周世子如何自处？可是，可是……韩绛分明有满腔话要说，字句在牙关儃佪，却将自己吓了一跳。她居然想追问一句：可是我们相处这些时日，难道一点情谊都没有吗？做戏做得连自己都不辨真假，岂非奇耻大辱？就算问了，大约也是徒惹嘲笑。

韩绛喉头哽住，闭上眼，转身欲走，却又被叫住。

身后语声冷了些许，又是初遇时那个不假思索地用匕首抵着她脖颈的悉云朝了。

"潭底的镇岳尚方不见了。知道我沉剑的，只有你。"

好一阵子，韩绛只觉周身的血都冷得凝在一处，她疑心是梦，回转身来，恍恍惚惚地笑了。

"是，有一就会有二，我并非第一次偷拿你的东西。"

悉云朝张了张口，她已经推门而出："跟我来，我把剑还给你。"

草庐地处偏僻，寒潭也在山脚下不远。悉云朝跟在韩绛身后，几度欲言又止，直至韩绛立在潭边，头也不回道："这潭应有丈许深，若不会水，想来也是寻不到剑的。"

悉云朝呼吸一窒，待意识到她要做什么，却已迟了，飞身扑近，只来得及看到她回眸一笑的决然。

“扑通”一声，韩绛瞬息淹没在潭中，悉云朝想也不想随之跳入。寻常人溺水，会有本能动作防止沉落，韩绛却动也不动，直直沉落，幸而没喝几口水就被捞上潭边。

韩绛剧烈地咳嗽，面上分不清是泪还是水。悉云朝伸手欲帮她擦干，她却偏头避开了。

韩绛闭着眼，语声嘶哑，笑中竟带了几分惨然。

“我不会水，这回你信了吗？”

悉云朝曲起手指碰了碰她侧脸，难掩颤抖。剑始终在潭底，她岂有不信。

她不过是想断了韩绛的念想罢了。

韩绛走的那日，正逢寒衣节。

她行装收了一半，便见悉云朝进来，递给她一只绯红色的算袋：“去镇上添几件冬衣，一并带上。”

晃了晃算袋，里头的五铢钱叮当作响，韩绛打开看了看，还有金珠子。

即便当了所有的身家，悉云朝恐也没有这么多钱。韩绛收紧袋口，低眉笑了。原来悉云朝已经与北周接上了头，难怪开始对她百般猜疑。

她不推辞，到了青峰山上或许用得着，便收好算袋，出街往成衣店里逛了一圈。出来时天边浓烟滚滚，韩绛莫名地感到心悸。

老板娘在身后念叨：“刚刚还看到有当兵的骑着马过来，说是什么王府的人，平白无故，怎的来我们这种小地方？唉，小娘子……你的冬衣还没拿！”

韩绛拼尽全力往浓烟处奔跑，果然见草庐被熊熊大火包围，附近竟有南晋骑兵徘徊。

记忆有一霎重叠，年少时角离宫那场大火与刻下如此相似，她魂不守舍地冲进火海，大喊悉云朝的名字，却只看见榻上一柄镇岳尚方——剑在人在，悉云朝不会弃剑离开，她人呢？

椽木断裂，砸落在她脊背上，她扑倒在地时，侧脸恰撞在一簇火焰上。灼烧的剧痛令她连声音都发不出来，隔着烈焰，她恍惚看到悉云朝向自己奔来，唤她韩绛，说，我怎会让你流落在外头？

“草庐有人！是个女子！”

“是悉云朝？”

“镇岳尚方在，应该……”

“不管了，先带回去复命！”

蒙眬中，她似被人捞起搁在马背上，五脏六腑颠簸欲碎，痛得她睁开了眼。远处荒草萋萋，有一道雪青色的影子随白马奔向夕阳，马上的人似回头看了一眼，却最终没有停下来。

悉云朝回过头，隐约看到官道上的南晋追兵经过。

周继道：“主公放心，杀手决计寻不到。草庐已焚毁，连同镇岳尚方一并留在里头，线索至此便断绝了。”

“韩绛……”

周继顿了一下，回道：“她此刻应在去往青峰山的路上，属下会暗中派人保护……”末了，话音越来越轻，几乎要被马蹄声掩盖过去。

悉云朝猛地勒住缰绳，猝然转头望向周继，脸色煞白。

周继随之勒马，却低着头不言声。

经年后，悉云朝总会想，彼时她当真听不出周继话中的真假吗？又或许，她只是在权衡利弊后，选择了让自己更好过的答案。

她宁愿信这些年韩绛始终在青峰山上，不曾被烈火毁容，不曾被当作北周细作严刑拷打，更不曾记忆全失后被迫代韩晟来洛阳为质。

她宁愿信，她不曾负韩绛分毫。

## 八

时近年关，南北战事吃紧，困于洛阳的质子们随时有性命之虞。

韩绛已很久没有收到自建康来的书信了，应是被北周截取，怕他们互通消息。

女帝似乎对她很感兴趣，时常召她入宫品茗、手谈。她对茶一窍不通，却莫名下得一手好棋，悉云朝赞她棋路有禅意。

“像是被高僧教化过的。”悉云朝拈着一枚白玉棋子，迟迟不落，如是说道。

“高僧？”韩绛笑了，“臣自幼长在齐王府，倒是没什么机会去礼佛。”

“是吗？”悉云朝的神色冷下来，落子截断了她的大龙。

她正愁眉苦思，又听女帝轻描淡写地道："孤将御驾亲征，南下建康，届时你便随军吧。"

韩绛不解，攻伐建康，却要她一个南晋人亲眼见证？

韩绛走了神，黑子掉落局中，乱了棋局。

她连忙跪地告罪。

许久，悉云朝只是坐在原处不作声。她抬起头，面具又被揭去。

悉云朝屈指，轻轻触碰她脸上的疤，眼神近乎温柔。她竟不觉得对方的触碰陌生，似是十分熟悉。

"是韩亮告诉你你天生有疤？"

"是。"

"也是韩亮让你为质？"

韩绛僵住脊背，疑心女帝话中有话，迟疑着颔首，那颊侧的手便微微颤抖起来。

她偏头避开，低声道："既要臣随军，可否允臣练一练马？臣来洛阳后，已许久未策骑了。"

悉云朝收回手，扶她起身，说："可以，你选个日子，孤与你一同策骑。"

元月初三，女帝在西郊马场遇伏，一同策骑的齐王世子被当场捉拿，却并未下狱。一时朝野轩然，众臣皆以为女帝被这铜面人蒙了心智，上奏请杀齐王世子，女帝却视而不见。

周继已领侍中之权，为了此事特地往西堂劝谏。

周继被侍官引进堂内，却见悉云朝与那铜面逆贼在用饭。周继才要开口，却被悉云朝招呼着同席。

汤汁盛满，周继端着汤碗不知所措，对上铜面人的视线，更觉火大，狠下心要劝杀，却因悉云朝轻描淡写的一句话噎了回去。

“她是韩绛。”女帝的汤匙撞在碗底，其余二人心底同时“咯噔”一响。

韩绛浑身似冻住，只低头看着碗中的汤汁，却听悉云朝继续道：“你记得也好，忘了也罢，杀我，也只有那一次机会，错过了便是错过了。欠你的，我南下杀了韩亮后，便也算还了你。”

忘了什么？记得什么？

韩绛似好久才恢复知觉一般，僵硬地端起汤碗喝了一口，辛味直冲上来，令她鼻酸。

“这是什么汤？”

悉云朝道：“蛮姜豆蔻。”

蛮姜豆蔻相思味，而今，已都在舌底了。

# 九

泰始二年春，悉云朝南下建康，两个月后，南晋兵败。

韩绛被软禁在西堂数月，国灭那日，她自中宵惊醒，梦中一场大火仿佛仍灼烫着她的脸。她摸了摸凹凸不平的疤，零零散散的记忆汹涌而来，竟一时不知是真是幻。

灯影斑驳，她提起银剪，克制不住颤抖地剪去烛花，却听到剑鞘撞在盔甲上的声响。随着步声由远及近，侍从宫女跪了一地。韩绛怔怔地看着悉云朝自长廊那头缓步走来，拨开珠帘，立在她跟前。

银甲上尚有血痕，漏夜归来，许是骑死了几匹马。

韩绛沉默地帮她卸去头盔，倾泻的长发便裹着体温落在她的小臂上。

“臣帮陛下梳头吧。”

韩绛目不转睛地看着她，像是从未忘记过这个人，又像是如今才认识她。

悉云朝坐在妆台前，任她梳理长发，铜镜映出她低眉的样子，与从前巧笑鲜活的小丫头已判若两人。悉云朝攥住她落在颈侧拢发的手：“韩亮死在阵前，韩晟被囚在角离宫。你若要回去，我便带你回去。”

“我想回去看看。”韩绛顿了顿，又淡笑，“不过我如今是逆贼罪臣，迁囚回去才算妥当。”

悉云朝静了下来。

举朝皆知，齐王之女韩绛代兄为质，暗通南晋伏杀女帝。此为诛九族之罪，死一万次亦不为过。她好生生活到而今，是因女帝亲征，无暇应对朝臣。而今天下已定，她的命数也该到了。

纵是帝王，也难与举朝为敌。

初夏时候，逆贼韩绛被迁至齐云寺，仍住在禅房中。

窗前的丁香结还未展开，她在廊下的石凳上枯坐半晌，听到山寺钟声响了三遍，接着院中便有人来了。

悉云朝在她面前落座，身侧的周继端着两盏酒，放到石桌上，随即转身退下。

“选一杯吧。”

悉云朝说着，拨弄着桌上一柄匕首，刀尖停时，指向左边的一盏酒。

韩绛哑然失笑。

事到如今，竟还需她这般姿态，放自己一条活路吗？

半世已够长了。年少失怙，相思无寄，又于火海中洗濯记忆重生——醒来那日，她真以为自己是齐王之女，而韩晟是那待自己如珠如宝的好兄长，于是代兄为质一事，她想也不想就应了下来。

却都是假的。

她一生被抛舍，不曾有过选择，她唯一能选的只有生死。撞上匕首时，跳入寒潭时，冲入草庐火海时……她岂会没有想过，万一就这样死了呢？

如今看来，似也无妨。

韩绛深深看了悉云朝一眼，仿佛看到十五岁那年雪青色的影子跃进她窗里，那日悉云朝梳着她心心念念的十字髻，想来当年及笄时，应是盛大又隆重，绝不似她一般草草了事。

还未饮酒，却好像已经醉了，她端起左侧的酒盏一饮而尽。

悉云朝松了口气，起身欲走，下一刻，却听到“叮当”一声。她猛地回过身，韩绛已喝尽另一杯酒，将酒杯搁在了桌上。

“韩绛！”

“成王败寇，原该如此。”韩绛说着，脏腑剧痛，支撑不住地向一侧瘫软。

悉云朝近前，动作却又僵住。如几年前她从周继话中听出了端倪，却仍选择对韩绛弃之不顾，一心回去夺权一样。

“若我父王还在……那年就不必随你逃亡了。”韩绛抹去唇边的血，呢喃道，“若不曾来建康，就不必看到角离宫的大火，也不必……”

悉云朝半跪在她身侧，耳朵靠近她的唇，脑中只是一片空白。

“你都记得，对吗？”

“记得什么？”韩绛反问，笑了，跟着缓缓闭上了眼。

她记得濡须坞生死与共的过去，记得所有将言未语背后的无奈，也记得现在——她永不在悉云朝的选择之中。

梦中的大火被一场冬雪覆盖，她似乎又成了那个头发都梳不好的囚徒，终日思索着要如何逃出齐云寺，直至西窗泛白。

推开窗，却见院中大钟微晃，肆休提来漆盒送饭，再无那道雪青色的影子了。

只满院丁香雪，与梦俱明灭。

文／尔尔

红叶黄花秋意晚，
千里念行客。
飞云过尽，
归鸿无信，
何处寄书得？

家族继承人姐姐

&

天才毒师妹妹

“啊！”

听到喜房中传来的尖叫声，宋微澜第一时间赶了过去。

她推开门，看到了跌坐在地上的妹妹流霜，以及摔倒在桌子边的新妹夫。

宋微澜走上前去才发现，新妹夫躺在地上，七窍流血，面色可怖。那血色浓得发黑，从他的脸上蜿蜒到脖颈处。

很快，屋子里围满了人。

宋微澜赶紧过去扶住了流霜，说：“先起来。”

她说着又吩咐下人先去报官。

宋流霜早已是六神无主，新婚之夜，丈夫进洞房喝杯茶的工夫就暴毙在房中，死状凄惨又可怖。她哭得梨花带雨，妆都哭花了。

宋微澜也不知道她是被吓得不轻，还是哭她那薄命的夫君。

宋微澜扶着流霜想先离开这可怖的地方，却突然被人拦住了去路。

“新娘子这是要去哪里？”姑爷家的姐姐问。

“自然是回家。”宋微澜冷冷地道。

“嫁出去的女儿泼出去的水，哪有再回家的道理。”姐姐看了一眼坐在地上号啕大哭的爹娘，面色冷肃，“可怜我这弟弟，好端端的怎么见了弟妹就出了事。现如今你们还想走？”

宋微澜道：“我已经报官了，官差自然会来调查。”

“不管调查出什么，弟妹已经是我黄家的人了，来人！”姐姐吩咐道，“收拾间屋子出来，让咱们少夫人和宋家小姐先住下。”

“没事了。”

到了屋里坐下来，宋流霜还是在抹眼泪，整个人控制不住地发抖。

“后面怎么办呢？”宋流霜睁着水汪汪的眼睛，哀求似的看着她。

“人又不是你杀的，怕什么。”宋微澜拿起帕子替她擦脸。

“可是他们……”

新婚之夜死了丈夫，对宋流霜而言，这辈子算是完了。

他们会逼着她殉夫，逼着她守节。她还那么年轻，却注定要毁灭在这深宅大院里。

“姐姐……我不想死，救救我。”

“别怕，有姐姐在呢。”宋微澜抱住了她。

翌日一早，黄家的厅堂里被人挤得满满当当。官府差人来瞧过了，那黄家少爷已经死透了，死因是中毒。可是官差查验了婚宴当晚所有的食物茶酒，都没有毒。喜房里备的茶酒瓜果也都没有问题，其他宾客也安然无恙。

而在他们的喜房内，发现了一只青鸟木雕。

这样东西来自江湖上一个有名的杀手组织——九思会。九思会是个拿钱买命的地方，传说他们有九大高手，分别擅长不同的武器。而最擅用毒的那位，别号青鸟，他杀人之后，就会留下一只青鸟木雕。

这原本只是江湖传闻，没想到在这僻静的江南小镇，居然真的出现了青鸟木雕。

这黄家少爷原就是个浪荡公子，吃喝嫖赌样样精通，也不知招惹了什么人，竟然让青鸟出手。

事情到了这一步，黄家人也不敢再说流霜是灾星，一个个都在想自己有没有招惹什么人，会不会引来杀身之祸。

眼下，宋流霜的去留成了问题。

黄家不愿平白无故养这么个人在府中。

黄夫人道："流霜既然嫁到我家，自然是没有回去的道理。只是如今家中遭此横祸，让她留下也是多有不便，不如就按照镇上的规矩，请流霜到山上去吧。寺院清幽，好山好水，总比拘在家里要自在些。"

她的意思，是要流霜为她儿子守寡，去山上的尼姑庵里出家做姑子。

宋流霜眼巴巴地看着宋家人，希望父亲能做主把她接回家去。可惜她一个妾生的女儿，母亲走得早，父亲怕是都不记得她是谁，又哪里会为了她去争什么。

听到父亲应了一句"黄夫人说得在理"，宋流霜心如死灰。

"夫人这话说得没道理。"宋微澜突然道，"新婚之夜，盖头还没有掀，合卺酒也没有喝，这礼怎么能算成了？既然礼没有成，那流霜就是我们宋家的小姐，自然该回宋家去。"

"你这姑娘好没礼貌，长辈说话有你什么事？"黄夫人不满地道，"宋老爷都同意了。"

"黄夫人怕是不知道，这个家，我是当家的，我说了算。"宋微澜沉声道，"以后，宋流霜就跟着我。"

宋微澜是宋家长房唯一的女儿。宋家是药商世家，万贯的家财传到宋微澜父亲手里，他却只得了一个女儿，不知多少叔伯兄弟想过来分一杯羹。

好在宋微澜争气，无论是辨析药材，掌握价格还是与人商谈，样样在行，年纪轻轻就从父亲手中接过商铺，成了宋家的当家人。其他人虽是不服，但碍于家规也不敢明着闹事，可暗地里却给她使了不少绊子。

宋微澜这家主当的，可谓是内忧外患。

果不其然，宋微澜话音刚落，她那二婶婶就道："你一个未出阁的姑娘，再带着一个小寡妇，以后怎么嫁人？谁还要你？"

宋微澜瞥了她一眼，道："婶婶眼里便只有成婚这一件事吗？妹妹如今是依着你们的安排成了婚，可瞧瞧如今什么样了？"

二婶婶摸了摸她儿子小海的脑袋，宋微澜在她微微的笑意中瞧见了拨得飞快的算盘珠子。二婶婶说："你不成婚，这偌大的家业留给谁？我看，不如你就带着小海学做生意，让他也好早日上手。"

"好啊。"宋微澜笑着应下了。

总算是有惊无险地把宋流霜带回了家。

宋微澜对这个妹妹没什么印象，宋流霜的父亲是她的三叔，宋微澜只知道这三叔妻妾成群，孩子更是多，也无人管教。听说宋流霜小时候走失了，是前不久刚刚回到宋家的。

正巧黄家向宋家求亲，那黄家少爷臭名昭著，大家都避之不及，宋家就把刚刚回家的宋流霜给送了出去。

宋微澜听说了此事，心中不忿，却说不动那几个长辈，没想到新婚之夜就出了这样的事。

宋微澜与宋流霜只是儿时在学堂里见过几面，如今她见了宋微澜，倒像是见了救命稻草似的，抱着宋微澜不撒手。

回到了老宅以后，宋流霜就病倒了，她说一闭上眼睛，就会看见那黄家少爷七窍流血的模样。她不敢一个人睡，就要宋微澜陪着。

宋微澜找大夫给她开了药，宋流霜喝了一口，说："阿姐，这药里再加一味莲子心会更好，莲心能安心宁神。"

"你通药理？"

"小时候和姐姐一同学的，姐姐怎么忘了？"

"这药都熬出来了，里头有什么药你怎么尝得出来？"宋微澜问。

"莲心苦，能喝出来。"

宋微澜的父亲对她管教极严，找了各种师傅每日给她上课，无论是药材知识还是经商之道，是四书五经还是经世致用之学，都得让她学明白了。宋微澜觉得自己在药理一道上已是颇为精通了，却没想到这个妹妹居然尝一口药就能知道是缺了什么。

这么说来，宋微澜隐约记得，家族里是有个妹妹学医术的时候特别聪明，被先生夸了好几次。原来，那就是流霜啊。

宋微澜记得，那个小姑娘仗着自己聪明，总是不认真上课，时不时就溜出去玩耍。她喜欢去山上摘许多草药，让先生来一同分辨。她说读书嘛，贵在实践，只看着书本怎么学得明白。

后来……宋微澜就没有见过她了。

为了交换宋流霜的自由，宋微澜答应了带二婶婶家的小海去铺子里学习。

小海就是个典型的公子哥，家里宠着惯着，读书读了个半吊子，却总觉得自己高人一等。

宋微澜带着小海去铺子里，教他熟记各种药材的价格，教他如何安排库存，哪些药材要多进货，需求多，哪些药材要少存货，容易变质。忙活了一天，可是这孩子连最基本的商品涨跌规律都弄不清。小海还不以为然，说做生意不就是把东西便宜买进来再加价卖出去，有什么难的，还反问她为什么不只卖利润高的药材。

宋微澜说做药材生意是救人命的，常用的药材都要备货，怎么能唯利是图。

小海说你们女人就是头发长，见识短，做生意不为了赚钱还为了什么，宋家在你手上迟早落败了。他说你一个女人成天抛头露面地谈生意，真是丢宋家的脸，还是回家相夫教子去吧。他说完哈哈大笑起来，笑完又说："我忘了，姐姐你嫁不出去哈哈哈。"

宋微澜懒得跟他一般见识，不愿搭理他，只能一个人生闷气。

第二天一早，宋微澜还没起，就听到外面吵吵闹闹的声音。出去一看，是二婶婶来了。她拽着小海，一把把人推到宋微澜面前，嚷嚷着："你看看，你看看！"

宋微澜瞧见小海手臂上满满的都是红疹，不知道怎么了。

"二婶婶，你要看病，得找大夫。"宋微澜道。

“宋微澜，我儿子跟着你出去了一天，就弄成这个样子，你到底对我儿子做了什么?!”二婶婶怒气冲冲地道，“你若是不愿意教他，大可拒绝，何必这般作弄他！我儿子痒得一晚上都没睡着！”

宋微澜这才知道她的来意，原来是兴师问罪。

她缓缓道：“二婶婶都说了，小海跟了我一天，我与他整日都待在一起。”宋微澜挽起袖子给她看，“我没事啊，小海怕不是晚上回去吃了什么发物吧，我们白日里就在铺子里，哪里去染上什么东西。”

“小海从小到大都没有这样的毛病！”

“那就寻个大夫来看看。”

他们请了大夫来看，大夫仔仔细细瞧了半天，说：“这红疹的形状我在书上见过，是碰了雾雪草起的疹子。”

“你看！我就说是跟着你在铺子里碰到脏东西了。”二婶婶立刻接话道。

大夫却道：“这雾雪草可不是毒药，是珍贵无比的补药，只是不能长期接触皮肤。不过这么珍贵的药材，一般人轻易接触不到，小孩子怎么会碰到呢？”

宋微澜道：“二婶婶，你可高看我了，这雾雪草，就是我也没见过。”

小海痒得直挠手，支支吾吾地说不出个所以然来。

铺子里的掌柜原本是来找宋微澜说事的，在边上看了好一会儿了。这会儿看了看小海，他终于道：“昨天白日里，小海少爷问我什么药材最值钱，我刚好新得了一株雾雪草，就拿出来给小海少爷看了看。”

二婶婶立刻怒气冲冲地道：“你明知这药材碰了会起红疹，还拿给少爷，你安的什么心啊?!”

掌柜立刻解释道：“我哪敢碰雾雪草，就是拿着盒子远远地给少爷看了一眼，铺子里两个伙计都能作证。”

话说到这里，宋微澜悄悄嘱咐伙计去铺子里看看那雾雪草还在不在。过了一会儿，他们过来回话说盒子已经空了。

事情到了这里，也不必再多说了。价值千金的雾雪草突然不见了，小海手上又起了疹子。

二婶婶气得狠狠地拍了一下他的脑袋：“你个不争气的！”骂骂咧咧地拽着她的儿子离开了。

宋微澜回到房里，见宋流霜托着脑袋一脸看戏的样子。

“我刚问了掌柜，”宋微澜道，“他说那雾雪草是你送过去的。”

“我前几天去山上采的。”宋流霜笑着道，“姐姐你知道的，我就喜欢自己去采药材。”

“是你让掌柜的不要告诉小海这草不能碰？”

“说了还有什么意思。”宋流霜坏笑着道，“姐姐真是聪明，什么都瞒不过姐姐的眼睛。”

“你呀，净胡闹。”

小海的事才过去了没几天，二婶婶又想了个新主意，找了媒婆给宋微澜说了门亲事，对方是镇子上保和堂的小少爷萧逸。婶婶说两家是世交，生意上又有往来，简直是天作之合。

宋微澜听了却是头疼，这保和堂分号诸多，生意做得大，是他们宋家药铺最大的主顾。好好的合作伙伴，非要弄成相亲对象，叫宋微澜怎么应对？这成也不是，不成也不是。

这萧逸也同宋微澜一般，小小年纪就跟着父亲历练，不似宋家那几个少爷不学无术，他将保和堂打理得很好，却因为年少得志，多少有些刚愎自用。

宋微澜原先抓住这一点，一见面总是吹捧他，捧得他如在云端，他就也不跟宋微澜还价，让她的生意好做很多。

这一天，在二婶婶的安排下，他们二人坐在了茶楼中。宋微澜见萧逸看着她笑得含情脉脉，总觉得心里发慌，他不会以为自己那么吹捧他，是因为喜欢他吧？

宋微澜还没想好怎么推诿，萧逸先开口道："咱们认识那么多年，也算是老友了，要不是你二婶婶说，我还不知道是这么回事……"他说着竟然有些害羞，"听说你还带着个寡居的妹妹，我是不介意的。你要是想带着她一起嫁过来，我也会向父母解释清楚。听说那姑娘才十三岁，去做姑子确实可惜了。"

宋微澜看着他一副深明大义的样子，怕是要把自己都给感动了。

她尴尬地点了点头，又听萧逸道："等你嫁过来，生意上的事也不用操心了，以后宋家的药材就供给保和堂，你呀，安心当少奶奶就好。"

"是吗？"宋微澜故作惊讶，"可婶婶说这宋家的家业是要给小海的，我怕是做不了主。"

"他一个毛头小子也敢欺负你，别怕，以后我给你撑腰。"萧逸俨然已经一副宋家姑爷的姿态。

他知不知道宋家上一个姑爷新婚之夜暴毙在喜房啊……

宋微澜觉得，这茶应该让二婶婶和萧逸一起来喝，根本不需要她。他们两个，一个盘算着让她嫁出去，让自己的儿子继承家业；一个盘算着让她带着万贯家财嫁进来，来个家族合并。他们俩把算盘打明白了才来找的她这颗小棋子。

宋微澜疲惫地回到家，宋流霜乖巧地过来给她捏肩。

宋流霜生得可爱，又精通药理，镇上也有一些人不信邪，想打她的主意，宋微澜也不知道该怎么办。

“阿姐，今天怎么样？”宋流霜问她。

“那萧家少爷，其实人倒是不错。”

他说的话虽然让宋微澜觉得不太高兴，但也还算正常。

三纲五常摆在面前，宋微澜嫁了人还出去做生意，怕是人家父母也不会答应。

听她这么说，宋流霜道：“那阿姐是喜欢他吗？”

“喜欢自然谈不上。”宋微澜说着转过头去取笑她，“怎么，我们小流霜还知道什么叫喜欢呀？流霜要是有了喜欢的人，告诉姐姐，姐姐帮你想办法。”

“不用想办法，流霜就喜欢姐姐。”宋流霜说着，环抱住了宋微澜，“流霜想一直和姐姐在一起。”

过了几日，宋微澜还在想那萧家怎么没了声音，二婶婶就跑来家里喝茶，对她没个好脸色。说那萧公子就和她喝了一盏茶，回去以后一直闹肚子，闹了三天，人都瘦了一圈了。

原以为是那茶水有什么问题，可宋微澜跟没事人似的成天在铺子里布货。

后来，萧家父母又约了二婶婶谈聘礼嫁妆，没谈拢，结果回去以后萧家父母也闹了肚子。

萧家人一想，此事分明就是宋家作弄他们。萧家找上门来对着二婶婶好一通数落，闹得不欢而散。

二婶婶自然是要来找宋微澜出气的。

“你使的什么妖法?!”

“二婶婶这话说得奇怪，我是您看着长大的，哪会什么妖法。”

“哼。”事情那么蹊跷，二婶婶才不信她，“我好心好意帮你说门亲事，你真是不识好人心。”

“婶婶这也太心急了，俗话说‘父母之命，媒妁之言’，我爹爹去了外地寻药材，虽说他一出门就是好些年，但总归要等父亲同意了再说亲事。”宋微澜说着小声了一些，“您怎么就做主跟人家谈什么聘礼了。”

宋微澜这父亲，醉心研究医药，不爱做生意，自从宋微澜有能力接管铺子后，他就说去寻什么药材，出门游山玩水去了。先前还写几封信给她，后来写信的次数越来越少，应该是看宋微澜能独当一面了，更是不想管家里这摊事了。

二婶婶道：“你爹信上说了，你的事啊，就得我多操心。”

宋微澜腹诽，这个好爹爹，怎么能把女儿的终身大事交给一个外人。

宋微澜最后找了个“夏季暑热，容易腹泻”的理由支走了二婶婶，她揉了揉脑袋，回到屋里，就见宋流霜已经乖巧地站到了一边。

宋微澜也不傻，哪有这么巧的事。算起来这府上有这个能耐的，也就只有宋流霜了。

“那茶我也喝了，我怎么没事？”宋微澜故作严厉地问。

“茶是没事……”宋流霜低着头，知道宋微澜要说她的不是了，支支吾吾地道，“萧家从医，重养生之道，他们家人每天都喝萧家秘制的养生茶。我这个药，就是克他们那个茶的……”

“你自己琢磨的？”

“嗯……前些日子他们给二婶婶送礼，里面有那养生茶，我就拆开来研究了一下……”

“你知不知道保和堂是我们最大的客户？”宋微澜打断了她。

“可是姐姐又不喜欢他，”宋流霜委屈巴巴地说，“就算拿大伯父当幌子，又能拖延多久？到时候真定了亲，再想反悔就难了。”

“你啊……”宋微澜戳了戳她的脑袋，“真是不知轻重，要是被人家知道了怎么办？”

“不会的。”宋流霜又蹭过来撒娇，“我就是见不得姐姐受欺负，阿姐放心，以后流霜会保护你的。”

有了萧家在外宣扬，过了没多久，镇上都传闻宋微澜是个不知轻重、极难相处的人。失去了保和堂这个大客户，宋家药材铺的生意艰难了很多。药材这东西保存不易，保存不当很容易影响药效。镇上就那么几家医馆，宋微澜很难找到新的买家。

见宋微澜每天发愁，东奔西跑地找买家，宋流霜愧疚不已。如果她再聪明一些就好了，用这么极端的方式吓跑萧家，反而害了姐姐。

这天，镇上突然出现了几个诡秘的黑衣人，他们戴着黑色的兜帽，看不清脸，走进镇上时带着一股肃杀的气场，大家见了纷纷给他们让出一条路。他们一路走进了宋家药铺，点名要见宋微澜。

他们说，要买药材，越多越好。

宋微澜瞧见这架势，只能故作镇定，小心翼翼地问："敢问阁下来自何处？"

领头的人嚣张地道:"九思会。"

听到这话，宋微澜一下变了脸色。好啊，杀了她妹夫的凶手还敢理直气壮地找上门来，也不怕被她送进官府。

不过宋微澜确实没能力把这几个气势汹汹的人送进官府。她能说的只有："不好意思，这生意做不了。"

最后，人家恼羞成怒地离开了，还大骂她不知好歹。

关于宋家的传闻是愈演愈烈，说宋微澜得罪了江湖中人，宋家就快要完了。

宋流霜听说了这个消息，马上跑来找她的姐姐。

"阿姐……来者是客，你怎么还把人轰走了？再说了，他们可是……"

“可是什么？”宋微澜生气地打断她，“你不知道九思会都是些什么人吗？他们杀人。”

“可他们杀的本就是恶人。”

“他们还杀了你夫君！”

“那我倒是要谢谢他们。”宋流霜说着，试探着看了看姐姐，“若不是他们下手，现在我还不知道过着什么样的日子呢。那黄家少爷本就不是什么好人，不然也不会让几个姐姐都避之不及，要把我嫁过去。”

宋微澜看着她委屈巴巴的表情，于心不忍。宋流霜离家数年，好不容易回来了，却又被推入火坑。

三天后，有个一身白衣的翩翩公子来找宋微澜，还是九思会的人。

他叫江柯，他说：“前些天那些人怕是吓着姑娘了，但九思会是真心想和宋家药铺做生意的。九思会不过是个普通的江湖门派，做些锄强扶弱的事，希望宋姑娘不要误会他们。

“那黄家少爷是个吃喝嫖赌样样精通的纨绔，私下里草菅人命，跟宋家小姐定亲以后，为了颜面还逼死了一个怀着孕的女子，不知道造的什么孽。那女子的弟弟找到九思会，要为亲姐姐报仇，这才有了后面的事。

“事发突然，就在新婚之夜动了手，实在是对不住流霜姑娘。若是等流霜姑娘和那黄家少爷完婚了再动手，岂不是耽误了流霜姑娘？因此才出此下策。”

江柯是个谦谦君子，说话有理有据，宋微澜没那么多防备，不知不觉就被他说服了。

江湖门派争斗不休，自然要多备些药材，这生意就这么谈妥了。

可镇上关于宋家的传闻倒是真成了大家饭桌上的话题，他们说九思会在宋流霜新婚之夜杀人，现如今又和宋微澜来往密切，这宋家真是不简单，黄家少爷的死说不定就是因为宋流霜……

传着传着，宋家几十年前的一桩秘辛被人翻了出来。他们说宋家祖上原本是医学世家，出过几个远近闻名的神医，宋家当时有一份秘方，名叫四灵散，能解百毒。

这秘方引来了江湖中人的争夺。

后来，宋微澜的祖爷爷毁了药方，在一个深夜离开了镇上，没有人知道他的去向。

宋家为了避祸，子孙后代不再行医，转而从事药材生意。宋微澜的父亲出去游历或许也有这个原因。不过这些年，已经没什么人再提药方的事了。

而现在，大家开始传闻那四灵散的药方是不是没有被毁，宋家与九思会突然亲近，是不是把药方卖给了九思会。

毕竟，除了江湖门派，谁会没事给人下毒呢。

来到小镇的江湖人渐渐多了起来，他们有的说要和宋家做生意，借此与宋微澜见面，有的则是四处打听四灵散的消息。可无论他们怎么威逼利诱，宋微澜只有一句话，她不知道什么四灵散，从她生下来就没听说过这东西。

宋家开始遭贼，东西被翻得乱七八糟，值钱的瓷器摆件倒是一件也没少。

宋微澜为了这事烦心不已，也不知道是哪个人传出这样的谣言来。

这天宋微澜正在铺子里盘货，最近唯一让她欣慰的事可能就是生意好了一些，年底能给大伙分些红利了。

宋微澜正翻着账本，突然一个伙计从腰间掏出一把匕首，冲着宋微澜就刺了过来。

她眼睁睁地看着那匕首刺过来，却来不及闪躲。

她脑子里的想法是：为什么？她做错了什么遭人记恨？

那一瞬间，宋微澜被人用力地一把拉开，她看到来人用手接住了匕首，从那尖刃上很快滴下了鲜红的血。

是江柯。

宋微澜带江柯回到了家中，他的手伤得很重，手掌包扎好了，还在不停地渗出血来。

宋微澜虽然是做草药生意的，却也没见过这等血腥的场面。

想起刚才的场景，她还是有些后怕。她不明白那些人找不到四灵散为什么就想要她的性命。

江柯说她是宋家家主，是最有可能拥有秘方的人，既然他们得不到，那就杀了她，大家就都得不到秘方，这就是江湖。

不知道为什么，听江柯说话，宋微澜总觉得很安心。

他说，不要怕，我会保护你的。

宋微澜去给他煎药，宋流霜回来的时候，正巧见到江柯一个人坐在宋微澜的屋里。宋流霜的神色立刻警觉起来："你怎么在这里？"

江柯看着她，脸上仍带着温柔的笑意，他缓缓地道："青鸟大人，别来无恙啊。”

“滚。”宋流霜冷冷地道。

“青鸟大人这话说得，”江柯仍是笑着，道，“不是您吩咐我和宋家药铺做生意的吗？怎么赶我走呢？”

宋流霜的身子微微倾了过去，狠狠地盯着江柯：“我让你们做生意，没让你接近我姐姐。”

江柯道：“我是来帮你的。”

“流霜回来了。”宋微澜端着煎好的药走了进来，“快，你来帮忙看看江公子的伤，刚才找大夫看过了，我还是不放心。”

宋流霜没好气地说：“又没中毒，死不了。”

江柯略带委屈地道：“是我叨扰姑娘了。”

“你怎么回事，好好跟客人说话。”宋微澜教训了宋流霜，“若不是江公子，你今天就见不到姐姐了。”

“若不是江公子，哪有这些事。”宋流霜小声地嘟囔道。

终于送走了江柯，宋流霜立刻对宋微澜道：“阿姐，你离九思会的人远一些。”

“你不是说他们是锄强扶弱的好人吗？”

“江湖中人打打杀杀的，到底不太平，都差点害阿姐出事了。”宋流霜拉着她的手，说，“阿姐，我们不要和九思会做生意了好不好？”

可江柯根本没有要离开宋家的意思，他说：“我孤身一人，如今伤了手，多有不便，只好叨扰姑娘几日。”

他整日跟着宋微澜，陪她去铺子里看顾生意。

江柯见她成日忙碌，就问：“药材的利润到底薄，你卖给医馆，他们收了病人诊金，还要再加价把药材卖出去，你为什么不找些药师，干脆自己开个医馆，把这差价赚了？”

宋微澜道：“药材铺和医馆可是不同的生意，收药材要看天气时节，看市面上的需求，可是一门大学问。”

江柯又问：“那你研究了那么多药材，自己会看病吗？就没学点？”

“我哪会那些。”宋微澜说着，突然压低了声音，“说起来，你们杀那个黄家少爷用的是什么毒？连官府都查不出来。”

“那可不是简单的毒。”江柯的语气有些得意，“每一样东西单独看起来都是没问题的，但是混在一起就有了毒，这种办法，只有我们青鸟大人会。那屋子里燃的红烛是青鸟大人亲手做的，听说她是在里面混了毒，那红烛燃起来就会和酒水里的药混合成致死的毒药。”

就像宋流霜能做出混合萧家养生茶就成了毒的药一般。

# 八

宋流霜被带回九思会的时候，她知道一切都结束了，她的任务失败了。

宋流霜在宋家不受待见，而她自小在药理用毒一门上有天赋，机缘巧合之下，她加入了九思会，接触了更多的药草和毒物，小小年纪便离家出走在江湖上逍遥快活。可不久之前，九思会的门主突然身中奇毒，即便是宋流霜也束手无策，她奉命回宋家拿四灵散为门主解毒。

没想到一回宋家他们就让她成亲，为了完成任务，宋流霜无奈之下只能杀了新郎，没想到宋微澜怜惜她，竟然让她住进了自己家里，也就是宋氏老宅。

宋流霜走遍了老宅每一个角落，都没有发现任何的密道或是暗格。宋微澜也说，世界上根本没有可以解百毒的药。

那个站出来说要带她回家的小姐姐，似乎是这世上第一个真心对她好的人。宋流霜不忍心看她烦恼，也因为任务没有进展，所以她让九思会的人来到镇上，一来解决宋家生意的问题，二来帮她一同寻找四灵散。但她没想到，她派出的几个人被宋微澜赶了回去，而九思会则派出了江柯。

江柯这人表面温柔，实则心思阴诡，最为心狠手辣。

江柯这出苦肉计一下就被宋流霜识破了，他还借此住进了宋家。找不到四灵散，他是不会放过宋微澜的。

宋流霜对宋家没有感情，但唯独对宋微澜例外。

宋流霜的出生是一个意外，她的母亲因此从宋家的一个丫鬟成了姨娘，却并没有得到父亲多余的喜爱。她们悄无声息地住在自己的院子里，直到宋流霜开始读书启蒙，因为过人的天赋得到了师傅的夸奖，才引起了他们这房夫人的注意。

夫人开始百般刁难这个小姑娘，给她寻了许多洒扫洗衣的活，不干完就不让她去念书。

中秋节的时候，大伯伯从宝聿轩买了许多点心，分给了几个孩子。宋流霜第一次见到那么精致的点心，她舍不得吃，准备拿去给姨娘一起尝尝，却突然被夫人一把抢了过去。夫人说你一个丫头片子吃这些容易发胖，不如留给弟弟。

宋流霜只能一个人垂头丧气地走了回去。她很难受，不明白自己是哪里不一样，为什么别人能有的她却不能。

自己就那么讨人厌吗?

这时候，她遇到了一个漂亮的小姐姐，她说："咦，你怎么没拿点心？"

宋流霜记得，那个小姐姐穿着很好看的裙子，和她那又脏又破的衣服形成了鲜明的对比。可她一点也没有嫌弃宋流霜，伸手把自己的那份递给了她。那就是宋微澜。

宋微澜根本就不会记得这样的小事，对她而言或许是很寻常的一盒点心，可那是宋流霜吃过的最好吃的东西。那是一盒云片糕，甜腻中带着一丝薄荷叶的清香。

宋流霜加入九思会之后，第一次赚到银子，就去宝聿轩买了一大盒点心，可她再也没尝到过那一天的味道。

那是她苦难的生活里仅有的甜味。

她不希望江柯伤害宋微澜，可一切已经太晚了。

宋流霜再次见到宋微澜的时候，她就躺在大殿上，面色惨白，人已经晕了过去，手臂上一道长长的伤口已经上过了药。

“门主！”宋流霜急切地道，“我姐姐真的什么都不知道。”

“没关系，”门主幽幽地道，“我不过是把我的血过给了她一些，让她也体验一下这个毒。不是说知道了毒药发作时的感觉，能更好地配制解药吗？”

“姐姐她又不是药师。”

“她不是……宋家有人是嘛。我已经放出消息了，就看谁会拿着四灵散来救她。是她那远在北方的爹，还是那个不知所终的爷爷呢？又或者……”门主没有说下去。

“可根本就没有四灵散，他们从来就没有配出过这个药方。”宋流霜说，“宋家的每一处我都翻遍了。”

“这世上的传言恐怕不是空穴来风。匹夫无罪，怀璧其罪。”门主说着揉了揉脑袋，“你姐姐中毒了你这么着急吗？本座中这毒多日，怎么不见你如此急切？”

等宋流霜离开，一旁的江柯淡淡地道：“宋流霜加入九思会不过是图好玩，我们控制不住她，没想到她对她姐姐这么死心塌地，这无法无天的小妖女也有软肋呢。有了宋微澜在手，门主尽管放心吧，那宋流霜定会费尽心思想出解毒的办法来。”

宋流霜把自己关在药房里，没日没夜地研制解药。只是在门主中毒时她就已经穷尽了毕生所学，仍旧不得解法，现下也只能通过用药延缓他们的病情。

“阿姐。”

阴冷肃杀的房间里，侍女悄无声息地站在一旁，她们每一个都是身怀绝技的高手，在这牢笼一般的房间里看管着宋微澜。

宋流霜扶她吃了药。

“阿姐，都是我不好，是我害了阿姐。”

宋微澜从前对宋流霜的印象其实不深，只隐约记得三叔家有个小丫头，药理学得特别好，被先生夸过许多次。但后来，宋微澜就没有见过她了。

宋微澜不知道，仅仅是因为宋流霜刚刚读书的时候，被父亲夸赞了一句，就引来了三婶婶的记恨。倘若不是九思会，宋流霜或许早就被三婶婶活活打死了。如果那个时候她多看一看，或许就会发现角落里那个颤颤巍巍的小女孩。

宋微澜拉着她的手，小姑娘的手因为捣药都起了茧子。

“不怪你。没有你，他们也会来找我的。以后不要再这么任性了，药是拿来救人的。”

“嗯。”

“青鸟是你自己取的名字吗？”

“嗯。”

“其实阿姐很羡慕你的，小时候爹爹让我读书，书上有很多药材，有的长在昆仑的仙山上，有的生在长白山的天池旁。我很想去看看这些草药生长的地方，可爹爹说，我得在镇上守着宋家的家业。我每天经手那么多药材，却不知道它们原本的样子。”

宋流霜立刻道：“阿姐，以后我带你去，昆仑也好，蓬莱也罢，流霜都会陪你去看的。我一定会想到解毒的办法的。”

“好呀。”宋微澜摸了摸她的脑袋，“你去宣城，去找我爹，说不定他有办法。”

十

一个月后，宋流霜再次回到镇上的时候，远远地就看到宋家门口挂满了白布。镇上的人说，宋家姑娘年纪轻轻，大好前程，怎么就想不开，自尽了呢。

他们说，宋微澜是因为四灵散被江湖中人追杀，迫不得已自尽。他们说，打更的更夫瞧见了深夜里几个黑衣人进了宋家，第二天宋家就办了丧事，这宋姑娘说不定是被人害死的。

宋家研制的四灵散没能救人，却害得他们一家不得安宁。

可即便如此，在丧仪上，宋家一群人还是为了家主之位争夺不休。仿佛宋微澜不在了，这家族的祸患就到此为止了。他们争先恐后地想坐上那位置，好去挥霍那万贯家财。

那一刻，宋流霜明白了姐姐的意思。

世界上真的没有能解百毒的药，姐姐知道自己时日不多了。

宋流霜在宣城根本没有找到宋家老爷，这只是姐姐为了让她离开镇子找的理由。天高水长，姐姐希望她去一个九思会找不到她的地方。

姐姐舍弃了自由守护了十多年的宋家，或许根本就不值得她付出。

她没有说出口的话是："我想……青鸟就应该自由地在天空中飞翔吧。流霜，去做那只自由的青鸟吧。"

宋流霜转身离开了镇子，她没有机会再见姐姐最后一面了。一切结束得那么突然，就如同她们在喜房里重逢一般仓促。

如果人生能重来，小时候她跑去山上挖草药的时候就会叫上姐姐；那些叔婶欺负姐姐的时候，她就会偷偷地给他们下药粉；她第一次被夫人打的时候，会去找姐姐哭诉，而不是一个人悄悄地躲起来。

姐姐一定会保护她的。

如果可以的话，她也想保护姐姐。

一个月前。

宋微澜坐在九思会那个阴冷的房间里，她身上披着厚厚的毯子，即使烧着炭炉，还是冷得发抖。

江柯走进来的时候，脚步声轻得听不见。

“是你让宋流霜出城的？”他的声音听起来有些不快。

“嗯。”宋微澜的声音几不可闻。

“你不想活了？”

“我活不活，还不是江门主一句话的事。”

“你叫我什么？”江柯惊了一下。

“流霜走了以后，我喝了你给的药，觉得好了许多。你加了一点点解药吧？”宋微澜侧过头，看向了江柯。

她的眼神还是和之前一样温柔又动人，江柯迅速地别过脸去。他害怕看到宋微澜的眼神，他做了一辈子的恶事，也杀了许多恶人，见惯了穷凶极恶与歇斯底里，见到这清澈又真诚的眼神，总觉得无力招架。

他费尽心机接近这个女人，以为一切都在自己的掌握之中，却发现对方总是不费吹灰之力就能拿捏他的情绪。

宋微澜继续道："给门主下一种奇毒，再挑拨她和宋流霜之间的关系，让她杀了和你关系最差的宋流霜，等她毒发身亡，你就顺理成章地当上门主，再不会有人质疑你。你就那么讨厌流霜，非要杀了她不可吗？"

"我也是没办法。她这个人，别人对她好一点点，她就死心塌地的。"江柯回忆道，"我记得那是个上元节吧，宋流霜跟家里人出去逛灯会，被她那个嫡母故意扔在了人堆里，还买通了人贩子去抓她。门主就是在那时候把宋流霜救回来的，这也算是救过她的性命了，她对门主向来忠心，必会对门主中毒一事追根究底的。宋姑娘，你可别怪我，要怪就怪你们宋家人当年自己造的孽。"

宋微澜许久没有说话，她没想到三婶婶原来是如此狠毒的人。

过了好一会儿，她才缓缓地道："就让流霜走吧，她不会再回来了。"

"你在这里，她怎么舍得不回来？"

“那你就放出消息去，说我死了。”

“等她回来，你们都得死。”江柯道，“放过她？那对我有什么好处？”

“如果我留下呢？”宋微澜问。她能替江柯赚钱，也精通药理。

“为什么？”

“因为我不想回去了。”

她不想再回到那个吃人的家。

宋微澜想过很多次扔下宋家这个重负，去山上真正地看一看鲜活的草药，去亲眼见一见这些年在书上学的东西。

宋微澜从小就被教导要好好读书，未来继承家业，父亲总说她是家里唯一的孩子，宋家的未来都系在她身上。宋微澜最好的青春年华都用来读书了，别的孩子在街上玩闹、在茶馆里听书、在溪水里摸鱼的时候，宋微澜都在那个逼仄的小房间里学习。

等她终于能走出那间屋子，成为宋家的家主之后，她听到的却更多是“她一个女人凭什么做生意”，以及“她这一身本事，成了婚定是个好的当家主母”之类的话。宋微澜突然不明白自己这些年的努力是为了什么，然后，她便遇见了宋流霜。宋流霜在这个家受尽了苦楚，却依然活得肆意又自在。

宋微澜羡慕她。

所以，她希望宋流霜继续做那个自在的人。

如果能用她这本就不存在的自由去换她的性命，也算不错吧。

秋深了，她原本答应了流霜，要陪她去西山上看红叶的。

宋微澜已经想不起上一次去西山是什么时候了，她只记得小时候背过的诗——

红叶黄花秋意晚，千里念行客。

飞云过尽，归鸿无信，何处寄书得？